双葉文庫

町触れ同心公事宿始末

日照雨

藍川慶次郎

JN266309

日照雨《そばえ》　町触《まちぶ》れ同心公事宿《くじやど》始末《しまつ》

第一話　日照雨《そばえ》

一

　その老爺《ろうや》がやってきたのは、日照り続きの盛夏のころだった。

　江戸はからからに乾燥し、正月から七月まで降雨があったのは二十一日という異常気象の年で、例年になく火事が多かった。大旱《たいかん》が春から夏にかけて続き、今年は納涼の花火見物どころではないと、みな戦々恐々とした夏を迎えていた。

　いつもは両国広小路の掛け小屋や大道芸見物に向かう人々で賑《にぎ》わう、ここ馬喰《ばくろ》町《ちょう》の表通りも、昼日中《ひるひなか》の炎暑を避けてか行き交う人は少ない。

　朝には水を打った店の前の往来も午《ひる》には埃《ほこり》が舞い上がり、目も開けていられないほどだった。

　馬喰町は通称『江戸宿』と呼ばれる、大小の旅籠《はたご》が百軒以上も蝟集《いしゅう》して庇《ひさし》を並べているところだ。その両国橋寄りの初音《はつね》の馬場近く、黒地に『すずや』と白抜きされた暖簾《のれん》を潜って、水桶と杓《ひしゃく》を手に出てきたのは、前掛け裾はしょりの女主人のお寿々《すず》である。粋に羽織った印半纏《しるしばんてん》の背には、屋号にちなんだ鈴が染め抜かれている。

ちょっと見には二十代半ばに見えるが、実年齢はその上をいっている。若くみえるのは、この歳で父親の後を継いで少ない奉公人を使い、ときには下女の仕事もこなさなければならない気の張りがあるからで、今も気の利かない下女に指図するよりはと、口より先に体が動いての水打ちだった。

お寿々が表に出てすぐに、陽光のなかに細かい雨が雨足を煌《きら》めかせながら降ってきた。

「日照雨《そばえ》だわ……」

お寿々は空を見上げ、恵みの雨を顔に受けながら気持ちよさそうに目を閉じて、しばらくその場に立ちつくしていた。

「あのう……」

と目の前で声がして、お寿々は我に返り目を開けた。

日照雨のなかで菅笠《すげがさ》の目庇《まびさし》をあげた小柄な老爺が、暖簾を確かめるように目を眇《すが》めている。荷袋を背負った旅姿であった。

「鈴屋さんは……こちらでございますか……？」

歳のせいか、少し目が霞《かす》むらしい。それとも日照雨のせいだろうか……。

「ええ。鈴屋は手前どもの宿でございます」

老爺はほっと安堵《あんど》の吐息をついた。

「もう二十年にもなりますか……探しあてるのに一苦労しましただ……」

と懐かしそうに眺めまわしている。

「このあたりはどこも似たような宿ばかりでございます。それにしても、よく訪ねてくださいました。さ、おあがり下さいまし」

お寿々は老爺を案内して、暖簾のなかに声をかけた。

玄関の上がり框《かまち》に出迎えたのは、番頭の吉兵衛《きちべえ》である。

「これはこれは、遠路ようこそいらっしゃいました。さっそく濯《すす》ぎ桶を」

と頬をゆるめながら、さして広くはない宿の奥に女中の名を呼ぶと、間の抜けた声が返ってきた。

「まったく、お亀《かめ》のやつときたら。水打ちまでお嬢さんにさせるなんて……」

舌打ちして顔をしかめる吉兵衛に、「いいわ、あたしがするから」と、お寿々がきびきびと動く。

「さようなわけにはまいりません」

慌てていると、上がり框に腰をおろした老爺が吉兵衛の横顔を覗きこみながら、

「ああ……あのときの番頭さん……ずいぶんお久しぶりでごぜえやした」

老爺は、雨に濡れた顔を手拭いでぬぐいながら、懐かしげに目尻を下げた。

二階の一室に旅装を解いた老爺は、相模《さがみ》の国は藤沢宿近い川名《かわな》という在所で石屋をしている弥兵衛《やへえ》だと名乗った。

すぐには吉兵衛は思い当たらなかったが、二十年前に隣村と水争いが起こったとき、同村の何人かと鈴屋に逗留《とうりゆう》した一人だときいて、ようやく思い出した。

当時、吉兵衛は下代《げだい》の資格をとって間もなくの頃で、まだ四十代だった。

先々代のお寿々の父が鈴屋の主人だったころで、すったもんだのあげく一年後に内済《ないさい》で落着に持ちこんだ一件だった。

鈴屋は江戸に数カ所ある江戸宿のなかでも、『公事宿《くじやど》』と呼ばれる後の世でいう法律事務所の役割をはたす旅籠だった。

公事宿は大別して『百姓宿』と『旅人宿』にわかれ、馬喰町一帯に集中しているのは旅人宿で、百軒ほどがあり、三十軒ごとに株仲間を結成している。冥加《みようが》

金《きん》を公儀に上納する見返りに、公事（訴訟）に携わることを公認されていた。

公事宿の主人や番頭は下代と呼ばれる公《おおやけ》の資格を与えられ、『出入物《でいりもの》』という民事訴訟を主に扱い、刑事訴訟の『吟味物《ぎんみもの》』は、よほどのことがなければ扱わない。

出入物が稀《まれ》に吟味物に絡んでいたり、発展したりすることもあり、その場合は奉行所に介添人として同行するぐらいであった。

公事宿が扱う出入物は、金銭に絡む『金公事《かねくじ》』をはじめ多種多様だが、当事者のほとんどは地方から出てくる。本来は領主の郡奉行《こおりぶぎょう》か、幕府の直轄領なら郡《ぐん》代《だい》か代官が役所で扱うが、紛糾すると『江戸訴訟』にもちこまれ、勘定奉行所の審理と裁決を仰ぐことになり、幾度か在所と江戸宿を往復することになる。

少なくとも一年に数度、その度に七日や半月は公事宿に逗留して呼び出しを待たされ、長びけば数年はかかる。公事宿は当事者が泊まる公儀指定の宿であり、他に宿泊することを許されず、公事宿の主人はその監視役も命じられていた。

公儀の訴訟制度に組み込まれていたわけで、奉行所の差紙《さしがみ》（召喚状）は当事者が宿泊する公事宿に届くことになっている。

公事宿の下代は、訴訟の相談から代行、訴状の代筆、出頭のさいの介添いなどに携わるが、それでは実入りはたかがしれている。宿泊費こそ公事宿の収入源であり、公儀はなるべく内済にすることを奨励したので、当事者双方の公事宿はその立会いによって懐を潤していたのである。

鈴屋の番頭の吉兵衛は、久しぶりの客を迎えて抜け目なく胸のうちで算盤《そろばん》を弾いてみたが、見るからに見すぼらしい弥兵衛のしおたれた姿をみて、正直なところ落胆を隠せなかった。

しかし、身についた客向けの温和な顔には出さない。まして二十年前の一件に感謝して訪ねてきてくれたのだ。

「あのときのお嬢ちゃんがねえ……綺麗になりなすって……」

と、お寿々を身内を見る思いで目を細められては、吉兵衛も採算を度外視して世話をするほかはないと、内心複雑な気分になる。

弥兵衛は、茶を啜《すす》りながら、お寿々の父親の与兵衛をしみじみと思い出して昔語りをした。遅くに授かったお寿々が可愛くてならず、公事宿を開くにあたって娘の名にちなんだ『鈴屋』を屋号にしたのだと、嬉しそうに話したという。

お寿々は、まだ幼くて弥兵衛のことは思い出せなかったが、遠い親戚が訪ねてきてくれたようで、他人のような気がしない。

　弥兵衛は、よほどかつての恩義が忘れられないらしく、できれば線香の一本でもと、一階の仏間に案内してもらい、位牌《いはい》に手をあわせた。

　仏壇には、お寿々の両親の位牌と並んで、まだ新しい位牌が一基あった。

　七年前、夫婦になってわずか一年たらずで、旅先で客死したお寿々の夫の彦三《ひこさぶ》郎《ろう》のものだった。

　弥兵衛は、しみじみとその位牌を眺めてから神妙に手を合わせた。

　もしかしたら……弥兵衛は、彦三郎と面識があったのではないかと、お寿々は思った。

　彦三郎は、同じ馬喰町で公事宿を営む『常陸屋《ひたちや》』の三男で、お寿々とは三つ違いの幼なじみであった。なんの躊躇《ためら》いもなく双方の両親の進めるままに祝言を挙げ、彦三郎は鈴屋の入婿になった。

　夫婦仲は睦《むつ》まじく、馬喰町では評判のおしどり夫婦と羨ましがられたが、翌年、与兵衛《よへえ》が流行《はや》り病で亡くなると、それまで鈴屋を常宿にしてくれた関東一円の在所の人々の足がぱったり止まった。

　公事宿ではどこも『旦那場』と呼ばれる在所があって、いわば縄張りが競合すると公事宿間で熾烈《しれつ》な客の奪い合いも起こる。

鈴屋は、これといった在所を基盤にもってはいなかったが、与兵衛の親身な相談ぶりと実直な仕事のやりかたが口伝えに広がって、小さいながらも鈴屋は千客万来の盛況だった。

それが、与兵衛が死去すると閑古鳥《かんこどり》が鳴く有り様となり、焦った彦三郎は、実父の督励もあって、与兵衛ゆかりの在所を訪ねる挨拶がわりの行脚《あんぎゃ》の旅についた。

これは彦三郎に限ってのことではなく、贔屓筋《ひいきすじ》が飢饉《ききん》や災害に見舞われたり、代替わりになるときに、どこの公事宿でもやっていた旦那場巡りだった。

鈴屋を盛り返そうと彦三郎は、鈴を染め抜いた手拭いを山と背負って在所を巡り歩いた。その間、宿は番頭の吉兵衛に任せ、お寿々に手紙を欠かさず届けての必死の巻き返し行脚だった。

その途中で、彦三郎は古い台帳をもとに相模の川名の在所にも立ち寄ったのではないか。

公事宿は訴訟に関わる客だけでなく、江戸遊山《ゆさん》に出て来る在所の者も泊める。彦三郎は江戸名所の錦絵を携えて、熱っぽく話して回っていたに違いない。

弥兵衛は、風の便りに鈴屋の若旦那が客死したのを知っていたのだろうか。神妙に手を合わせていたが、そのことには一切ふれなかった。

それが、お寿々に対しての思いやりだと考えたに違いない。

「弥兵衛さん……それで、この度は、どのような御用向きで……？」

お寿々は、おもむろに訊ねた。

「へい……手前の伜、弥太郎《やたろう》が、腰越《こしごえ》の漁師の娘お浜《はま》を、嫁入り先の小坪《こつぼ》の網元の祝言の夜に、勾引《かどわ》かしたとの嫌疑で訴えられまして……」

と皺《しわ》の刻まれた頬を歪めて涙ぐんだ。

「八方、手をつくしましたが……二人の行方は、いまだにわからねえ……代官陣屋では埒《らち》があかず、娘の親元の潮五郎《ちょうごろう》、嫁ぎ先の勝蔵《かつぞう》・勝次《かつじ》父子が江戸訴訟に持ちこんで伜がお浜を返さねえ限りは、うちの先祖伝来の田畑で弁償しろと……いうことになりまして……」

お寿々は背筋を伸ばして、静かに言った。

「概略は承りました。ともかく弥兵衛さんが、当宿に宿泊した届出を出しませんと」

相模在川名は関八州のうちで、代官は江戸在府。鈴屋からは目と鼻の先の初音の馬場に隣接する関東御用屋敷の扱いだった。

寛政《かんせい》年間（一七八九〜一八〇一）まで伊奈家《いなけ》の郡代屋敷で知られたそこは、御家騒動により廃絶され、今は御用屋敷として、八州廻りという出役《しゅつやく》も抱える庁舎になっている。

「どうか……よろしく、お願えしますだ……」

弥兵衛は座布団をはずして、お寿々に手を合わせた。

二

「こいつァ、ちょいと面倒なことになるかもしれねえな」

多門慎吾《おかどしんご》は茶を啜りながら、八丁堀《はっちょうぼり》言葉で呟いた。

ちょうど七夕《たなばた》の井戸浚《さら》いが終わったあとで、鈴屋の裏庭にある井戸の掃除を、隣町の橋本町に住む願人坊主《がんにんぼうず》たちが手伝いにきてくれて、振る舞い酒も終わり帰ったあとだった。「スタスタ坊主」や「ワイワイ天王」とか往来を唄い歩いて喜捨を募る願人坊主は、もともと鈴屋のある馬喰町三丁目あたりに住んでいたが、今は橋本町に移っていた。

お寿々の父が生前なにくれと面倒をみたので、恩義を忘れず今でも年中行事で人手が入用なときには鈴屋にやってくる。

多門慎吾は南町奉行所の町触《まちぶ》れ同心だが、幼少の頃橋本町にある長沼《ながぬま》道場に入門して通っていたときから与兵衛に可愛がられ、稽古帰りには育ち盛りの空腹を満たす握り飯や菓子を振る舞われていた。

稽古帰りに裏庭口からひょっこりやってくる慎吾を、お寿々は兄のように慕っていた。

年頃になって淡い恋情を抱いたこともある二人だが、慎吾は部屋住みの身で、いずれは他家へ養子に出されることが決まっていたし、家付き娘のお寿々は婿を迎える身で、添い遂げられるはずもなかった。

慎吾は、お寿々と彦三郎の祝言を心から喜んだが、その後、与兵衛夫妻が他界し、新郎があっけなく客死すると、放ってはおけなくなり、ふらりと立ち寄るふりをして、お寿々を陰ながら見守ってきた。

今日も、裏庭から入ってきた慎吾は、帰りかけていた顔見知りの願人坊主たちと言葉を交わし、いつもの奥座敷の縁側に腰を下ろして、お寿々に茶の馳走をうけていた。

「慎吾さま……面倒なことって……？」

お寿々は湯飲みに新たな茶を注いで、武骨そのままの眉毛の濃い慎吾の顔を見上げた。酒はいける口ではないので、初めから勧めない。そのかわり、香りのいいとっておきの狭山茶《さやまちゃ》でもてなしていた。慎吾の好物の葛餅《くずもち》も添えた。

弥兵衛の一件が長引きそうなので、お寿々は相談を持ちかけたのだ。

慎吾は八丁堀の多門家の養子になっていたが、実兄は勘定奉行所の同心である。番頭の吉兵衛も手に余るときには、慎吾を頼った。

出入物には八代将軍吉宗《よしむね》が定めた『公事方御定書百三ケ条《くじがたおさだめがきひやくさんかじよう》』という法典があるが、これは『秘密録』という別称があるように公表されることはない。勘定奉行、町奉行、関東御用屋敷などの公事に携わる者しか披見《ひけん》を許されず、持ち出しなども禁止されていた。だが、建前は厳しいが何事にも裏はある。

公事宿の下代たちの中には、要路《ようろ》に鼻薬をきかせて密かに写し取り、預かり人(当事者)に筆写したものを披見させて稼ぐ輩《やから》もいた。むろん御法度《ごはつと》であるから、露顕すれば資格を取り上げられる程度ではすまない厳罰をうける。

慎吾は実兄を通して、この原本を閲覧できる縁故がある。しっかり者の吉兵衛は、お寿々に教えてやる慎吾の口から聞いた条文を抜け目なく書き留めて、私家本まで作っていた。

それにしても百三ケ条すべてを収録できるわけもない。

慎吾は時に応じて、この秘録を手繰《たぐ》るのだが、ついでに気になることも覚えておくように心掛けてきた。すべてはお寿々のためである。

その慎吾が、お寿々から弥兵衛の一件を聞いて気になったのは、伜の弥太郎がお浜を勾引かして出奔《しゆっぽん》したという時期だった。

「弥太郎が祝言の夜に、お浜を奪って出奔したのは、半年前ということだな……」

「ええ……先方の目安《めやす》（訴状）にもそうあり、弥兵衛さんも、その夜から息子は家に戻ってはいないと、お白州《しらす》で申し上げました」

公事宿の主《あるじ》として差添《さしぞい》（同行）したお寿々は、その日のことをありのまま伝えた。

差添は、原則として番頭などの下代にまかせず、宿の主が出向くことになっていた。

「三十日の六期……すなわち百八十日を過ぎると、たしか『欠け落ち人』とされる定めがあったはずだ……」

「欠け落ち人……」

お寿々は、美しい眉を寄せた。

「すなわち人別帳上、弥太郎は無宿にされてしまう……」

「それじゃ、お浜さんも……？」

「そうなるな。支配地に欠け落ち人がでると、郡代や代官は親類、五人組、名主に探索を命じる」

「弥兵衛さんも、お浜さんの実家も、ずっと心あたりを探しまわったそうですが、いまだに行方知れずということでした」

お寿々の声は不安で上擦っていた。

「お寿々、肝心なところだぞ。弥太郎とお浜が出奔した日から、百八十日目はいつになる？」

「来月の……一日です」

「その日が過ぎれば、二人とも無宿人だ。お上はただでさえ在所を捨てて江戸へ流れ込む無宿人に神経を尖らせている。捕らえられれば二人とも無宿島送りだ」

「……そんな⁉」

「それと……弥太郎が逃亡中に吟味物にからんでいると、『永尋《ながたず》ね』となる定めだ……御用屋敷から、八州廻りの出役になるやもしれぬ」

「出入物のお裁きではすまなくなるということですか？」

「そうだ。もし、お浜の出奔が、弥太郎の強引な勾引《かどわかし》によるものと立証されれば、すでに吟味物となる危うさも孕《はら》んでいる……」

「先方では、お浜さんは無理やり連れてゆかれたと言い張っているんです……」

「目安（訴訟）を起こした連中の投宿先は、どこだ」

「相模屋さんです」

お浜の父の潮五郎、嫁ぎ先の小坪の勝蔵・勝次父子の宿泊している相模屋は、馬喰町二丁目にあり、間口六間、六十人は宿泊できるという大きな公事宿で、主の藤右衛門《とうえもん》は株仲間の行事（世話役）をつとめていた。

「相模屋か……」

慎吾は苦々しい顔になって顎をさすった。

相模屋は、公事宿がもっとも得意とする金公事の内済で、身上《しんしょう》を大きくしてきた宿だった。常時六十人近い預かり人（訴訟当事者）を宿泊させているから下代も四人抱えている。訴訟は二度や三度の出庁で結審することはないので、『腰押し』という名目で滞在を長引かせて宿泊料を稼ぐ。

結審に持ち込んで勝訴ともなれば金二分、代筆料が金二分で、滞在中の返答書（反論書状）が金二朱など表向きの代行料も、数をこなせばばかにならない額になるが、それよりも実入りの多いのが、内済に持ち込むまでの立会い料である。

相模屋は、わざと訴訟を込み入らせて付け込む、未公認の『公事師《くじし》』などを陰で暗躍させて暴利を得ているふしもあり、町触れ同心の慎吾も手を焼いていた公事宿のひとつだった。

町奉行所は民事にも関わっているから、布令の徹底を監視するのが慎吾の職務の一つでもあった。

旅人に無益な入用をかけぬよう、賄賂《わいろ》音信など『取り持ちまじき事』をせぬよう、落着に際し祝儀をもらったり、無闇に訴訟に介入し『腰押しがましき事』をしないよう取り締まるのも慎吾の仕事で、公事宿の多い馬喰町を見回るのも、たんに道場帰りに鈴屋に立ち寄るという理由ばかりではなかった。

ところが相模屋は巧妙で、なかなか尻尾《しっぽ》を現さない。

噂でしかないが、相模屋藤右衛門の奥座敷には『世間騒動家内安全』と書いた札が、神棚に飾ってあるという。

「お寿々、気を引き締めてかからぬと、相模屋にいいようにかき回されるぞ」

慎吾は不安を隠せないお寿々の目を見据えて励ました。

「お嬢さん……」

と部屋の外の廊下で声がした。振り返ると、番頭の吉兵衛が書状を手にして座っている。

「御用屋敷から差紙（召喚状）が届きましたか？」

「はい……次回の弥兵衛さんの出庁は、来月の一日とのことで」

「なんですって？」

お寿々は、思わず慎吾の顔を振り返った。今の今、欠け落ち人の百八十日の期限を耳にしたばかりである。

「お寿々、相模屋が先方の預かり人に入れ知恵したとは思いたくねえが、奇妙な符合だ。その前に何とかして、お浜と弥太郎を探し出し、真偽のほどを確かめぬと、弥太郎は罪人に仕立てあげられるかもしれねえぞ」

「どうしましょう……それで弥兵衛さんは、いま部屋に？」

「いえ、湯屋に出掛けております」

と吉兵衛はこたえた。言外に、出頭の日まで宿泊させたものかどうか、と目で訊ねている。

「まだ二十日以上もあるし、弥兵衛さんに無駄な散財はおかけできません。一旦、在所にお帰りいただいたほうがいいと思うけれど、でも、それでは……」

「お寿々、百八十日の定めは、隠さず教えてやるのが親切というものだ。その間、これまで以上に必死になって、息子の行方を探させねばなるまい」

「ええ……」

弥兵衛が、どんな衝撃を受けるかと思うと、胸塞がれる思いになったお寿々に、慎吾が声を和らげた。

「俺から、その爺様に話してきかせよう。弥太郎の立ち寄りそうなところが江戸にもあるなら、多少の力にはなってやれるかもしれぬ」

お寿々は救われた気持ちになった。

「駆け落ちして、そのまま欠け落ち人になったんじゃ、洒落《しやれ》にもならねえ」

慎吾は微苦笑をかえして、うまそうに茶を啜った。

三

日暮れ前に、弥兵衛は町内の湯屋から帰ってきた。

公事宿は一泊二食付き大略二百四十八文が相場で、朝と夜に一階の広間で宿泊人が全員で食事をとることになっている。これは大小を問わずどこの公事宿でも同様である。

昼食は外でとり、内風呂のあるところはほとんどないので銭湯に行き、髪結い床で頭を調え、昼日中は社寺詣でか物見遊山にでかけるが、懐に余裕のない者や長逗留の客は手持ち無沙汰《ぶさた》で、出入りの貸本屋から滑稽本《こっけいぼん》を借りてゴロゴロするのが常だ。

お寿々は、弥兵衛が投宿してから東両国の回向院《えこういん》と浅草観音の堂社詣でに付き合ってやったが、差紙が次の出庁の日を告げてきたので、無駄な散財をせぬよう、一旦在所に帰ってはと、おもむろに話を切り出した。

食堂用の広間は十畳ほどで、二階の客室が満室になれば、小さいながらも十五、六人の支度で、それなりの忙しさになるが、今は弥兵衛一人しか客はいない。

いかにも侘《わび》しい食事になるので、夕餉《ゆうげ》はお寿々が付き合ってやっていた。

今宵はお寿々のほかに慎吾も同席した。

下女のお亀は、無愛想に飯櫃《めしびつ》をでんと置いて、さっさと女中部屋に引き上げてしまっている。悪意があるわけではなく、単に気がきかないだけで、吉兵衛がいくら愛想をよくしろといっても馬耳東風《ばじとうふう》と受け流している。

丁稚《でっち》の正吉《しょうきち》を手なずけて、女中部屋で肩や腰を揉ませながら、滑稽本を読んでげらげら笑い声をたてている。

なんとも放埒《ほうらつ》な下女だが、それでも居てくれるだけで有り難いと、お寿々は客あしらいの注意はするものの、他は大目にみていた。

暇なこともあって、女中頭のお梶《かじ》は本所の実家に戻っている。手代の清六《せいろく》は常陸の在所に挨拶回りに出ていたから、お寿々が手づから碗に飯を盛り、汁をよそった。

三人で簡単な夕餉をとる。弥兵衛の懐具合に合わせたわけではないのだが、ひどく質素な食卓で、お寿々は慎吾に気の毒そうな顔を向けた。

当の慎吾は、意に介さず黙々と箸をつかっている。

江戸の公事宿の食事のまずさには定評がある。客が余分に払うからもう少しましなものをと言っても受け付けない。上方の公事宿は客の求めに応じて美食も出すが、これは江戸の公事宿の流儀で、不人気なことこの上なかった。

食事を終えると、胡坐《あぐら》になった慎吾は弥兵衛に気楽に声をかけた。

「おめえさんの息子の弥太郎だが……江戸に出て来てるということはないのかい」

「はぁ……」

お寿々から、顔見知りの八丁堀の旦那が夕餉を同席するがよいかと訊ねられたとき、一瞬ぎくりとした弥兵衛だったが、町廻り同心ではなく、町触れの御用をあずかる先々代からの知り合いと聞いて胸をなでおろした。

吉兵衛から、公事方の御定書にも詳しい御方ですと口添えされたので、弥兵衛は頼もしいと思いながらも、一抹《いちまつ》の不安は隠せず、飯も碌々《ろくろく》喉を通らなかった。

だが食事の間、屈託のないやりとりをお寿々とかわす慎吾を見ながら、次第に緊張も弛んだ。目の前の二人は、兄妹のようで、どうかすると夫婦のような睦まじさも感じられたからだ。

弥兵衛は、すこし迷ったが、この御方なら隠すこともあるまいと、ぽつぽつと話しはじめた。

「身内の者で江戸に出ている者はおりませんので……江戸で頼るとすれば、腰越の漁師仲間ぐれえのもんでごぜえやす。弥太郎は十五の歳から漁師に憧れて船に乗せてもらっていましたから……そこから何人かは江戸へ流れ出た者がいると聞いておりやした……けんど、これといって親しい仲間が江戸にいるとまでは、伜の口から聞いたことはありません……」

「それで、日本橋の魚河岸や新場《しんば》を一応は訪ねてみたかい」

「へい。なにせ、あのやっちゃ場です。相模湾の湊《みなと》から魚河岸に居ついた者を捜し出すのに一苦労いたしやしたが、誰も伜を知る者はおりやせんでした」

「芝浦《しばうら》にも雑魚場《ざこば》があるが……」

「そこも、訪ねてみましたが……無駄足でした」

「とすると、江戸を跨《また》いで房総ということも考えられるな」

「あっしもそう思いやして、木更津《きさらづ》、富津《ふっつ》、那珂湊《なかみなと》と足を伸ばしてみやしたが……」

と老爺は首を振って、溜息まじりに肩を落とした。

「ふむ……それじゃ皆目、手掛かりがねえというわけか……」

「江戸で、ほかの仕事についているということはありませんか?」

お寿々が、遠慮がちに弥兵衛の顔を覗く。

「無口な野郎ですから……お店者はまずつとまらねえ……他に手に職があるわけじゃなし……ただ、餓鬼《がき》の頃から、あっしの手伝いで石工の技は多少なりとも覚えておりやすから、職人としてどこぞへ転がりこんでるなら……江戸の石屋にでもと、この度はその筋を捜し歩いてみようかと思っておりましただ」

「お寺社の多い江戸です。それこそ数えきれないほどの……」

墓石を作る石屋は無数にある。料亭や武家屋敷、金持ちの隠居所の庭の石灯籠《いしどうろう》なども含めると、弥兵衛の脚ではとても回りきれない。

「お前さんもその歳じゃ難儀なことだ。在所の仕事も、いつまでもほったらかしには出来ないだろう。……どうだろう、人相風体、特徴など教えてもらえば、橋本町の連中に気にかけてもらって、捜す手があるかも知れねえな……」

「橋本町……？」

怪訝《けげん》そうに目をしばたたく弥兵衛に、お寿々が願人坊主のなんたるかと鈴屋との関わりを手短に説明した。

お寿々は、慎吾の思いつきにハタと膝を打って、下代部屋で調べものをしている吉兵衛を呼びにいった。

事情を聞いて顔を出した吉兵衛に、

「すまねえが、ひとっ走りして朴斎《ぼくさい》を呼んできちゃもらえめえか」

と慎吾が言った。

朴斎は願人坊主の元締で、みずからも『スタスタ坊主』や数種の往来芸をこなす五十絡みの陽気な巨漢だ。慎吾の南町奉行所の同僚で、定町廻り同心の白樫寛《しらかしかん》十郎《じゅうろう》の手先の一人として鑑札をもらっている。いわば隠れ岡っ引きの親分で、人相書きの特技を持っていた。

吉兵衛が朴斎を呼びにいっている間、慎吾は公事方御定書百三ヶ条の『欠け落ち人』の定めのことを話してきかせた。

「それじゃ、百八十日を過ぎて倅の行方が知れずじまいになりやすと……無宿人にされてしまうだか……！」

弥兵衛は思わず膝を乗り出して急き込んだ。

「勾引《かどわかし》は重罪だ。せめて、お浜が納得づくで手に手を取って出奔したことがわかれば、情状の酌量はあろうが……それにしても他家に嫁いだ女を連れ出した罪は免れまい」

「ど、ど……どうすべえ！」

弥兵衛は身も世もなく狼狽《ろうばい》した。

「ともかく、今月のうちに二人を捜し出すことが先決だ。江戸はわれらが手を尽くしてみようから、お前さんは一旦在所に戻り、親族や名主の協力を得て、いま一度、在所と周辺を捜し直してみてはどうだろうか。勝手のわからぬ他国へ流れたとは考えにくい」

「弥兵衛さん、そうしてくださいな。こちらで手掛かりが摑めたら飛脚を飛ばしますから、いつでも出掛けてこられるように。そちらの様子も知らせてくださ い。手分けして何とか期限までに二人を捜し出しましょう」

「へい……何とも有り難いことで……」

手をとって励ますお寿々を、弥兵衛は皺顔に涙を滲ませて伏し拝んだ。

そこへ、裏庭から足音をたてて朴斎が気負いこんできた。

「お嬢さん！　事情は吉兵衛さんから、あらまし聞きやしたぜ」

吉兵衛をはじめ鈴屋の奉公人、出入りの願人坊主たちは、呼び慣れた「お嬢さん」を今でも口にする。一度は若女将《わかおかみ》と呼ばれた時期もあるが、あまりにも呆気ない内儀の期間でしかなかっただけに、いつしか昔ながらの呼称に戻った。お寿々が世間体もあるのにと言うのに、誰もお内儀と呼ぶ者はない。お寿々は今では諦めている。

彼らにとっては、いまでも「お嬢さん」と呼ぶほうがしっくりするらしい。事実、清楚なお寿々は彼らにとって永遠の美しい町娘であった。

素裸の腰に注連縄《しめなわ》を巻付け、頭には縄の鉢巻きを締めたスタスタ坊主の出で立ちのまま、布袋腹《ほていばら》を揺らして入ってきた朴斎は、慎吾に笑顔で一礼してから胡坐を組んだ。

俄《にわか》に賑やかになった広間に、お亀も正吉を連れて、うっそりと顔を出した。吉兵衛が持ってきた矢立と半紙に、朴斎は弥兵衛から弥太郎とお浜の特徴に耳を傾けながら器用に筆先を運んでゆく。

その時、ざあーっという音が表から聞こえてきた。久しぶりの驟雨《しゅうう》だった。

「やれやれ、七夕だってのに、天の川は洪水かい……」

慎吾は可笑《おか》しそうに窓から空を仰いだ。

「けど、お江戸にとっては恵みの雨だわ……」

寄り添うようにお寿々が呟く。

「ちげえねえ。何にせよ、これで口うるさいおふくろ様に雨宿りの口実ができたよ」

言って慎吾はお寿々に微苦笑してみせた。

八丁堀の組屋敷では、養母の多貴《たき》が夕餉の膳を調えて慎吾の帰宅を待っているはずだった。

慎吾もまた五年前に新妻に先立たれて、やもめ暮らしである。

四

お寿々は、その夜、寝つけなかった。

恵みの雨は、寝所の雨戸を揺るがすほどの豪雨になった。

二階の一間で独り寝している弥兵衛を思うと、お寿々もやりきれない。

朴斎が描いた弥太郎の顔は、いかにも善良そうで、荒々しく他人の嫁を勾引かすような若者には思えなかった。

お浜の似顔が出来上がると、慎吾が「ほう……」という声を上げた。

「こいつァ別嬪《べっぴん》だ」と、描いた本人の朴斎が惚れ惚れと見とれるほどの愛くるしい美人だった。十九ということだが、まだ幼さを残している。

「こうして並べてみれば、似合いの二人じゃないか」

そう言ったときの慎吾の声が、まだお寿々の耳に残っている。

お寿々もそう思った。それに引き替え、お浜が嫁いだという小坪の勝次の印象は、傲慢《ごうまん》そうで、いかにも粗野な感じだった。

お寿々は、弥兵衛の差添として御用屋敷に出庁した折り、腰掛け茶屋で初めて訴人たちと対面した。腰掛け茶屋とは、お白州や取調べ部屋に出廷するまでの当事者たちと公事宿の差添が待たされる控え処で、長椅子状の腰掛けが設置してある。

腰掛けでは茶も出し、出廷の出入りの案内もつとめる。お寿々はそこで、相模屋の下代の宇之吉《うのきち》に声をかけられた。

「鈴屋も、とんだ貧乏籤《びんぼうくじ》をひかされたものだね」

と、宇之吉は目にはせせら笑いさえ浮かべていた。

奉行所や御用屋敷への差添は、原則として公事宿の主が同行することになっているが、株仲間の行事をつとめる相模屋では『惣代《そうだい》』という特例を認めてもらっていた。

宇之吉は、はじめから鈴屋と弥兵衛をのんでかかっていた。

勝訴のあかつきには、勝蔵父子に弥兵衛が弁済する田畑の代価の中から、なにがしかを祝儀に見込んでいるのはあきらかだ。

その折りに、お寿々は勝蔵父子のふてぶてしい目でじろじろと見られて、おぞましい気持ちになった。

とくに弥兵衛を睨《にら》みつける勝次の凶暴な目には、花嫁を奪われた憎しみ以上の悪意が感じられて、威圧されて目を逸らす弥兵衛が気の毒でならなかったのを思い出した。

——お浜さんにとっては、きっと耐えられない祝言だったに違いない……。

お寿々は直観したが、朴斎が描いたお浜と弥太郎の似顔を見てからは、それは確信に変わった。

もし江戸に逃れてきているのなら、なんとかして捜し出してやりたいと思う。永尋ねにでもなった日には、一生科人《とがにん》として追われる身になってしまう……。

朴斎は似顔絵を頼りに、さっそく願人坊主たちに魚河岸や雑魚場あたりを流させてみようと請け合って帰っていった。

慎吾が、弥兵衛が訊ね歩いても、そうと知りつつ教えてやる仲間はいないだろう。弥太郎の事情を知って庇う側に回っていれば、なおさらのことだ。もう一度、そこらを洗い直してみたほうがよさそうだ、と思案を巡らしたからだった。

お寿々は、お浜の似顔絵を見て思い当たったことがある。

人目を避けて暮らす若い二人が、半年も江戸に隠れているからには、お浜も仕事についていているかもしれない。あの器量なら、水茶屋に出ているかもしれないと思った。

——折りをみて、あたしも、そのあたりを捜してみよう……。

お寿々も何かしないではいられなかった。

七夕の豪雨のあと、江戸は例年の蒸し暑さが戻り、隅田川の花火も活気づいた。

弥兵衛を送り出してから、毎晩のように朴斎は数人の願人坊主を連れて顔を出したが、捗々《はかばか》しい情報は得られなかった。

望外に嬉しかったことは、慎吾が毎晩立ち寄って朴斎からの知らせを聞いて帰ることだった。こんなときに……と思うが、お寿々は内心幸せな気持ちになるのを否《いな》めない。

盂蘭盆《うらぼん》を過ぎたころ、常陸の在所から名主の倅の久右衛門《きゅうえもん》が、同村の男たちを連れて鈴屋にやってきた。

「やあ、お寿々さん。お江戸もようやくおしめりがきたようだね」

俄に賑わう玄関先に出迎えたお寿々に、日焼けした顔を綻《ほころ》ばせて菅笠を取った。

「まぁ、こんな大勢で。村騒動でもおこったんですか?」

「いや、そうじゃない。堂社詣での引率さ」

と久右衛門は屈託なく笑う。

玄関口は、客たちの足濯ぎで忽《たちま》ちごった返した。ざっと眺めただけでも十人を越えている。女中頭のお梶の声もはずんで、手代の清六、丁稚の正吉が応対におおわらわで、のろまのお亀もさすがにバタバタと動き回っている。

吉兵衛が手揉みしながら恵比寿顔《えびすがお》で迎えると、

「公事出入りじゃないので、おあいにくだが、七日ほどはゆっくりさせてもらう。よろしく頼むよ」

と久右衛門は言い、部屋割りが済むまで下代部屋に通された。

三十前の気さくな男で、半農半漁の村は飢饉知らずで潤っている。その豊かな身代で時折り江戸に出てきては、明地《あけち》や明家《あきや》を買い求め、家主を雇って管理させている場所は江戸に数カ所あった。近頃は湯屋の株も物色して身代を広げている遣り手で、七年ほど前に父親と鈴屋に宿泊してから、年に数度出てくるときには鈴屋を定宿にしていた。鈴屋にとっては上得意である。

「前もってお報せいただければ、それなりの用意もございましたのに」

とお寿々が弾んだ声で茶を出すのに、

「いや、お寿々さんのびっくりする顔が見たくてね」

と悪戯《いたずら》っぽい笑顔で目を細めた。

いつも軽装でふらりとやってくる久右衛門なので、突然の投宿には驚かないお寿々だが、こんなに大勢を引き連れてきたのは初めてのことだ。

おそらく手代の清六が旦那場詣でに立ち寄って嘆いた、閑古鳥の鳴く鈴屋の窮状が気になってのことかと思われたが、そんなことはおくびにも出さない。

実のところ、お寿々に気があるせいだと吉兵衛は見抜いていたが、当の久右衛門はあからさまにそんな素振りはみせない。

なんにしても鈴屋にとっては有り難い客だった。

部屋割りが一段落すると、久右衛門は一統を連れて湯屋に出掛けていった。

まるで鈴屋の家人のような機転のききかたであった。

夕餉刻の鈴屋の広間は十二人の客を迎えて、戦場のような騒ぎになった。

台所には橋本町の願人坊主の女房たちが手伝いにきてくれて煮炊きに賑やかな声をあげている。お梶やお亀のほかは、女中を常時雇うゆとりのない鈴屋にとっては有り難い助っ人であった。

立ち寄った慎吾も目を丸くした。

「どうしたことだい。宿を間違えたかと思ったぜ」

そんな騒ぎのさなか、朴斎が裏庭から大きな声を張り上げてやってきた。

「多門の旦那は、来ていなさるかい」

階段の上がり口でお寿々と立ち話していた慎吾が見迎える。

「おう大将。その様子じゃあ、なにか摑んだな」

お寿々は一階の奥の自室に二人を招きいれた。

「袖《そで》ケ浦《うら》あたりで、弥太郎によく似た漁師を見かけたと、訥庵《とつあん》が言ってきやした」

「なに？」

袖ケ浦とは、品川の浜の漁場を指す。

「あとをつけようとしたそうですが、知ってのとおりあの辺はまだ、ごちゃごちゃになってやすから、見失ったそうで……」

品川宿一帯は、今年の正月の大火で全焼していた。遊廓の普請やら仮の廓《くるわ》で混然としていて、まだ整備の最中だった。旅籠や水茶屋も、以前の場所を捜しあてるのに難儀するほどだという。

「そうか……他国者が紛れこむには、うってつけの場所だったな」

「明日にも、うちの連中を繰り出して捜させてみますがね」

「よし、俺も出向いてみよう」

慎吾の声にも力がこもる。

弥太郎の捜索は俄に進展の兆《きざ》しをみせた。

お寿々も、明朝には宿をお梶にまかせて出掛けてみようと思った。品川浜沿いの徒歩《かち》新宿《しんじゅく》には、水茶屋が軒を連ねている。

そこにお浜が働きに出ていることはあり得ることだった。

久右衛門が、開けっ放しの廊下からひょっこり顔を出した。

「多門様の声がしたんで、ちょいと挨拶にと顔を出したんだが……」

慎吾も久右衛門とは顔見知りである。

「おう若旦那、ちょうどいいや。お前さんの知恵も貸してもらおうか」

と慎吾は気さくに手招いた。

「花火見物に連中を連れていこうかと、お寿々さんに声をかけて出かけるつもりだったんだが……」

と一思案してから、久右衛門は広間に引きかえしてまた戻ってきた。

その間、朴斎が聞き捨てならぬことを口にした。

「帰りがけに訥庵が……路地をうろつき回ってる灸師《やいとし》の李休《りきゅう》を見かけたと言うんですが……」

「なんだと……？」

李休は相模屋に出入りを許されている灸師だが、下座見《げざみ》と称する公事宿の情報屋も兼ねていた。金になりそうな訴訟だと、わざとこじらせて公事師に変貌するしたたか者で、下代の宇之吉とつるんで暗躍しているのを慎吾は嗅ぎつけている。

「てえことは……宇之吉の差しがねで、向こうも弥太郎とお浜の足取りを捜しているな……」

胸騒ぎを覚えるお寿々の横に、戻ってきた久右衛門が静かに座って聞き耳をたてていた。元来が好奇心旺盛な男である。鈴屋が難題を抱えていることを、いち早く察して神妙な顔になった。お寿々のためなら一肌も二肌も脱ぐつもりであろう。

「とすれば……悠長に構えてもいられまい。これから袖ケ浦まで行ってみるか」

慎吾は膝の横に置いた大刀を握り寄せた。

「慎吾さま、あたしも……！」

思わず言いかけたお寿々を、慎吾は制した。

「いや。夜分のことゆえ、お寿々はここにおれ」

「お寿々さん、代わりに私が多門様と一緒に出掛けてみましょう」

久右衛門は、静かな声でお寿々に言って、慎吾に目顔で問うた。

「そいつは有り難え。何かのときには一人より二人が都合がいい」

朴斎が、後れてはならじと毛脛《けずね》を立てて腰を浮かした。

「それじゃ、こっちも！」

「いや」

と慎吾は制した。

「今夜のうちに、李休が弥太郎とお浜の潜伏先を突き止めるとは限らねえ。それより明日の朝から相模屋の宇之吉から目を離さねえようにしてくれ。李休が弥太郎たちの塒《ねぐら》を突き止めたら、必ず動きがあるはずだ」

「なーるほど。さすがは多門の旦那だ。捜す手間がはぶけるかもしれねえ」

朴斎は、しきりに感心しながら裏庭から帰っていった。

「若旦那、早速だが付き合ってもらうぜ」

「お安いご用で」

意気込んで出てゆく二人を、お寿々は祈るような気持ちで見送った。

隅田川で打ちあがる花火の音と、両国橋の歓声が聞こえてきた。

五

慎吾は久右衛門と辻駕籠《つじかご》を連ねて、高輪《たかなわ》の大木戸から品川に出た。

高札場を管掌する町触れ同心の慎吾の顔は、門番も日頃から知っている。江戸の朱引《しゆびき》は品川宿にも広がっていて、慎吾は正月の品川宿の大火以来、頻繁に大木戸を出入りしていたから、顔であった。

慎吾は品川の名主宅に駕籠をつけると、朴斎の描いた弥太郎とお浜の似顔絵を数枚に筆写したものを手渡した。

「明朝にも、袖ヶ浦の網元を集めて、この正月から雇っている者のなかにいるかどうか確かめてもらいたい。名を変えているかもしれぬが、よろしく頼む」

と、まずは探索の要を抑えた。

大火から半年、すでに新築なった遊廓もあり、惨事などなかったように紅灯が殷賑《いんしん》をきわめている。だが、まだ雑然とした焼け跡の明地もあり、路地も分明でないところも目立った。社寺の境内には焼け出された者たちの避難小屋がまだ残っている。

夜でもあるし、李休を捜し出すのは容易なことではない。

「無駄足に付き合わせたようだな……」

慎吾は久右衛門に申し訳なさそうに言った。

「とんでもございません。品川がこんな有り様とは想像以上でございました。常とは違って廓も遊女も、懸命になっておりましょう。在所の者を、吉原に案内するよりはよほど歓待されると思いますので、その下調べと思えば、なんの無駄足にはなりませんよ」

と久右衛門は屈託のない微笑を返した。

その夜は慎吾たちに収穫はなく、大木戸まで引き返した。

「このまま馬喰町に戻るのも癪《しゃく》だ……ついでだから木戸門が閉まるまでここで待ってみるか……ひょっこり李休がやってこねえともかぎらねえ」

久右衛門も付き合うことになった。

期待は薄かったが、番所の前の縁台に腰掛けて木戸番に振る舞われた麦茶を啜りながら、慎吾が一件のあらましを久右衛門に話して聞かせ、八つ山の空に浮かぶ上弦の月を眺めていると、大木戸の閉まる刻限になって数人の男たちがやってきた。

笑い声をあげる品川遊廓帰りの遊客たちとは別に、按摩《あんま》の風体をした猫背の中年男が一人、弾むような足取りで大木戸を通されてきた。

「ほほう……待ってみるものだな」

慎吾が傍らの久右衛門にそっと呟く。

「あれが李休ですか……？」

夜目には定かに顔は見てとれないが、猫背の特徴や体つきからして李休に違いないと慎吾は確認した。

「あの足取りじゃ、なにか掴んだのかもしれねえ……」

取り押さえて問いただすこともできたが、それで口を割る手合いではなかった。

李休は辻駕籠の溜まりに向かい、一挺《いっちょう》の駕籠に乗り込んだ。

「後をつけますか？」

久右衛門が腰を浮かせた。

「野郎は俺がつけてみる。おまえさんは早駕籠で鈴屋に戻り、朴斎を呼んでもらって相模屋から宇之吉が出てくるかどうかを見張らせてくれ。俺の勘に間違いなければ、二人はどこぞで落ち合うはずだ」

言って慎吾は、大木戸に待機する奉行所抱えの早駕籠に久右衛門を乗せ、自分は辻駕籠に乗って李休の後を追った。


一刻（二時間）後、柳橋の高級料亭『梅川』で、相模屋の下代・宇之吉と李休は落ち合っていた。宇之吉は小坪の網元・勝蔵と勝次父子を伴い相模屋から出向いてきた。

船宿と料亭が混在する柳橋は両国橋に近い神田川の川口の花柳街であり、馬喰町から四、五丁（約四、五百メートル）ほどの至近にある。

『梅川』は東両国の『青柳』と並ぶ会席料理の店で、一人につき一両二分は取るという庶民には縁遠い老舗《しにせ》だった。

宇之吉は勝蔵父子に取り入って『腰押し』と称し、密談には高級料亭や芝居茶屋、吉原の引手茶屋などを利用して役得にありついているのだろう。

李休は船宿の二階に一旦腰を据え、相模屋に使いを出してから、宇之吉たちとは別々に梅川にあがっていった。

慎吾は、船宿『ふじ本』の前の船着場で、風に吹かれて李休の動きを見張っていたが、ようやく動き出した李休のあとを、それとなくつけると、梅川の前で久右衛門と朴斎に出くわしたのである。

「多門さまの申されたとおりでしたよ」

と久右衛門が声をひそめると、朴斎が忌《い》ま忌《い》ましげに、芸者の音曲が流れてくる二階を見上げながら舌打ちした。

「宇之吉の野郎、主の藤右衛門に隠れて公事師でまたぞろ一稼ぎするつもりだ。梅川じゃ、願人坊主の出入りできるところじゃねえ。いったい何を話してるんだか、悔しいったらありゃしねえや」

「それにしても長逗留だな。お浜の父親は、すでに在所に帰ったそうだが、勝蔵父子が、大散財してまで江戸に留まっているのは、次の出庁まで歌舞伎《かぶき》見物や吉原遊びをするためではあるまい。今日の李休の動きから察するに、お浜と弥太郎を捜しているのに間違いない。大木戸に戻ってきた様子からすると、二人の確かな足取りを摑んだのだろう。それで宇之吉を呼び出して注進に及んでいるのだ」

じっと聞いていた久右衛門が、思い切ったように言った。

「私が、鈴屋に残っている何人かを引き連れて、梅川にあがってみましょう。隣の座敷で聞き耳をたてるというわけにはいかないが、人の出入りくらいはわかる座敷をとってもらうことにして……」

「そうしてもらえると助かるな」

「多門さまも御一緒に」

「うむ……」

芸者をあげての宴会騒ぎは好むところではないが、そうも言っていられない。あとは久右衛門の才覚にまかせて、宇之吉から目を離さずにいるしかなかった。

花火の打ち上げは終わっていたが、三味線と嬌声はまだまだ止みそうにない。

勝蔵父子と宇之吉は、芸者衆をあげるのを控えさせ、高級料理に碌に箸もつけずに李休がもたらした知らせを巡って密談していた。

「居所がわかった以上、すぐにも踏み込んで、どこぞに押し込んでおくべきじゃねえですか！」

勝次は、さっきから、その一点張りだった。

「まごまごしてると、どこぞへ移っちまうかもしれねえ！」

「押し込むったって、どこにだ？　在所に連れ戻したって隠しおおせるはずもねえ、誰ぞの口から漏れるにちがいねえし……」

「それじゃ、何のためにお父っつぁんは江戸に留まって、宇之吉さんに二人を捜させていたんだ！」

「そりゃあ……宇之吉さんから『欠け落ち人』の定めを聞いたからよ。月が改まりゃ弥太郎は無宿人だ。そうなりゃ弥兵衛の田畑を継ぐ者はいなくなる。因果を含めて取り上げた土地と家作を、お浜の父親に我慢料として、ちったあ分けてやっても、ずいぶんな身上が手に入る。弥太郎が逃げるのに疲れて在所に戻ってみろ。すんなり勝訴に持ち込むことも難しくなるから、それだけはさせねえように、居所をつきとめようと思って頼んだのだが……」

つきとめた後の思案までは考えてはいなかった。半ばは捜し出せないものと思っていたし、このまま月が改まれば訴訟も有利になると算段していたところへ、思いの外早く二人の潜伏先が分かったので、どうしたものかと勝蔵は迷っていた。

「お浜は連れ戻してえが……それで訴訟がもつれるようなことにでもなったら藪《やぶ》蛇《へび》だしな……」

勝蔵はちびりと盃の酒を嘗《な》めて、思案を巡らしている。

御用屋敷の詮議《せんぎ》では、弥太郎が祝言の夜にお浜を強奪したという目撃者がおらず、同じ時期に弥太郎が出奔してはいるものの、確たる証拠もないので、お浜が別の事情で失踪した可能性もあると、継続審議になっている。

　横恋慕の上の強奪と言い立てているのは勝次で、漁師のお浜の父親は小坪の網元に娘が嫁ぐことで、持ち船を貰える内約があるから、口裏を合わせているという裏事情があった。

「それじゃ、お父っつぁんは、このまま見過ごすつもりなんですかい！」

　勝次が息巻く。

「そうは言ってねえ……弥太郎が欠け落ち人になるのを待ってからの方が、万事こっちの思い通りに事が進むんじゃねえかなと、思案してみたまでよ。向こうはそんな定めがあろうとは知らないだろうからな……」

「勝訴に持ち込むまで泳がしておきますかい？　無論、見張りは抜け目なくつけておきますがね……？」

　と李休が口を挟んで、宇之吉の顔色を窺う。

「訴訟のことだけを考えりゃ、そのほうが有利かもしれやせんがね。でもそのあと二人をどういたしやす？」

宇之吉は、抜け目のない目で勝蔵を見た。こじれればこじれるほど実入りが膨らむカモである。腰押しの腕のみせどころだった。

勝蔵がお浜の行方を追っていたのは別の事情もあるのだが、それは口が裂けても言えないことで、伜の勝次しか知らない。

「お父っつぁんが、どんな腹積もりかしらねえが、俺はこのまま黙って見過ごしてるなァ不承知だ！　多少手荒な真似をしてでも踏み込んで、訴訟が済むまでどこぞに押し込んでおきゃあいい！」

「弥太郎が暴れたら、どうするつもりでえ」

「そんときは、そんときだ。でえいちあの野郎は、殺してもあきたらねえ！」

生来凶暴な勝次は息巻いた。

強欲だが慎重な勝蔵は、激昂する伜を持て余していた。手を汚してまで危ない橋を渡るほど浅慮ではないが、勝次を抑えておくことは難しい。

「お父っつぁんが、愚図愚図してるのに付き合っちゃいられない。俺はこれからでも二人の塒に踏み込む！　弥太郎がどうなろうと、世間《メンツ》にしられずに在所に戻れなきゃ、お父っつぁんはそれでいいだろう。俺は面子にかけても、このまま見過ごしにゃできねえ！　お浜は、お父っつぁんがどうでも好きにするがいいや！」

「勝次！」

勝蔵は色をなして、勝次を殴りつけた。

見かねて宇之吉が間に入った。

「せっかく居所をつき止めたんです。二人はどこぞに軟禁したほうがよろしいでしょう。少なくとも月変わりまではね」

「宇之吉さん！　手を貸していただけますかい？」

気負いこむ勝次に、宇之吉は眉ひとつ動かすことなく、平然と言った。

「それなりの金はかかりますが……李休が動かせる息のかかった連中が何人かはおります。こんどの二人の塒をつきとめるに当たっちゃ、そいつらが嗅ぎ出してくれたからで……」

「わかりました。宇之吉さんに、すべてをお任せしよう」

ようやく勝蔵の胆《はら》も決まったようだ。懐からズシリと重い金包を取り出して、宇之吉の膝前に押しやった。

六

朝まだき、柳橋の船宿から一艘の屋根船が隅田川を下っていった。

深い朝靄《もや》に包まれて別の船が三艘、音もなく追尾していく。

前方の船には、勝蔵・勝次父子、宇之吉と李休、ほかに目つきの険悪な数人の無頼漢が同乗している。

朝もやに隠れて追尾する屋根船には、慎吾と久右衛門、それと事情を聞いて矢も楯もたまらなくなったお寿々が乗っていた。

その背後に、朴斎が束ねる願人坊主たちが屋根船と猪牙舟《ちょきぶね》に分乗して従っている。

船は永代橋《えいたいばし》を潜って隅田川を南下していく。

江戸湊の喉元を過ぎ、左手に無宿島と呼ばれる石川島の人足寄場の島影をみながら右手の御浜御殿に沿って、品川沖へと向かう。

慎吾と久右衛門は、在所の連中が宴に酔っているのを尻目に、宇之吉たちの座敷の人の出入りを窺い、李休の動きを油断なく見張っていた。

酒宴もそこそこに船宿に移動した宇之吉たちが、慌ただしく人相風体のよからぬ輩を集めている間、慎吾も抜かりなく朴斎配下の願人坊主たちを招集した。

水路を辿れば、高輪の大木戸をやりすごして品川の浜へ出られる。この靄では船番所の目をやり過ごすことも容易だと宇之吉たちは決行に及んだのだろう。

「慎吾さま……」

さすがにお寿々は緊張して、思わず慎吾の傍に寄った。

「どんなことになるか分からぬゆえ、お寿々は俺の後ろを離れるな。お浜とおぼしき女を救い出せたら、そのまま船へ戻れ。あとは我等が始末をつける」

「は……はい」

波が出たのか船は大きく揺れて、お寿々はたまらず慎吾の腕にしがみついた。


南品川の海蔵寺の門前の焼け跡に、掘っ建て小屋が四、五軒並んでいる。

品川遊廓の引き取り手のない遊女の、投げ込み寺としても知られる海蔵寺は、品川溜《だまり》の無宿の病人たちが葬られる寺でもあった。

その界隈には木賃宿が密集していたが、正月の大火でまだ普請の目処《めど》がつかない仮小屋の立ち並ぶ一画があった。

「お浜、おいらこれから浜へ漁に出るが、今日は水茶屋に出るのは控えたほうがいいぞ」

　裏手の井戸端で顔を洗い、薪《まき》割りをすませた弥太郎が、夜具のなかで咳き込んでいるお浜に声をかけた。

「そうも言っていられないわ。あたしのことは心配しないで……」

　とお浜は力なく半身を起こした。

　手に手をとって出奔してから、二人は大火の焼け跡で混雑する木賃宿の老夫婦のもとに身を寄せて、焼け跡の片付けの手伝いをしながら仮小屋に居ついた。

　宿の普請の目処もつかぬまま、老夫婦は大井の縁戚のもとに移り、弥太郎とお浜は仮小屋の留守番を託された。どこといって行く当てのない二人にとっては有り難い時になった。

　それから半年近く、弥太郎は木賃宿の主人の身寄りというふれこみで、近くの浜の漁師に雇ってもらうことが出来た。名も徳次郎《とくじろう》と変えて、在所の捜索に怯えて暮らしてきたが、幸い大火の後の混乱で人目につかずに今日までやってこれたのだった。

　お浜も人手不足になった水茶屋に仕事を得て、逃亡生活とはいいながら、一つ布団で抱き合って過ごせる日々は、それなりに幸せだった。

ところが、お浜が体調を崩すようになって、弥太郎は、お浜だけでも密かに川名の母親のもとに帰したものかどうか、悩んでいた。

「それだけはいや……！」

と、弥太郎が遠回しに水をむけるたびにお浜は拒んだ。

「どこに隠れていても、いずれはお父っつぁんに知られてしまう。そうなれば、小坪の家へ連れ戻されてしまう。……それだけは死んでもいや！」

お浜にそうまで言われては、弥太郎も口を閉ざすほかなかったが、なにやら重い病のようにも感じられ、難儀そうに水茶屋から帰ってくる姿を見るにつけ、弥太郎は辛くなった。医者にもかからせたいと思うが、そんな余裕はなく、このまま寝つくことになれば、側について看病もしてやれない。

在所を出奔した身だから、人付き合いは極力避けてきたので、漁に出ている間お浜の身を託す隣人とていない。それでなくとも火事騒ぎが納まってから、詮索好きな近所の目が気になりはじめていた。

——どっちにしても、いつまでもここにはいられないな……。

弥太郎は、夜になると、そんな考えにとらわれるようになった。

簡単な朝餉をとって、弥太郎が小屋を出たときである。

行く手に人相のよからぬ二人の無頼漢が出て来て、両手を広げて阻み立った。

時折り品川溜の近くで見かける顔だった。西南諸藩の抱え屋敷の賭場に出入りしている手合いだった。

「待ちな。……おめえは、ほんとうは弥太郎てえ名だろう」

弥太郎はぎくりとした。

「とすりゃあ、女房面して一緒に暮らしてるなあ……お浜だな？」

弥太郎は返答に詰まった。在所の捜索人とも思えない。

その時、背後の小屋で物音がして、お浜の悲鳴が聞こえてきた。

「お浜っ?!」

弥太郎は咄嗟《とっさ》に駆け戻ろうとした。

その手を、無頼漢が摑んで引き戻した。

「じたばたするねえ！」

小屋から、男たちに抱え出されたお浜の前に、勝次が血ぶくれした顔で飛び出した。

「やい弥太郎！　この泥棒猫が！」

弥太郎は愕然と声を失った。

連れていかれるお浜を奪い返そうと、弥太郎は無頼漢に羽交《はが》い締めされながらもがいた。

「お浜っ」

「弥太郎さんっ」

「お浜は、連れ戻すぜ」

その時だった。

俄に、あたりに鉦太鼓《かねたいこ》の音が湧き起こった。

願人坊主の『住吉《すみよし》踊り』の一団が、唄い囃《はや》し、踊りながら闖入《ちんにゅう》してきた。

御幣《ごへい》を傘の上に立て、傘の周囲に一幅の赤い木綿《もめん》を回した長柄を持つ願人坊主を中心に、白木綿の単衣《ひとえ》に赤い腰衣を巻いた三、四人が垂れ布の饅頭笠《まんじゅうがさ》を被り、白無地の団扇《うちわ》を手に振りながらグルグルと踊って回る。

その前でも白木綿の手甲《てっこう》、脚絆《きゃはん》、甲掛《こうがけ》の三、四人が一組になって白団扇を煽《あお》り、割竹を打ち鳴らして唄い踊っていた。

「住吉様の岸姫松おめでたさよ。千歳楽万歳楽《せんざいらくばんざいらく》」

と賑やかなこと、この上ない。住吉踊りの一団は、またたくうちに弥太郎と無頼漢、そしてお浜と勝次たちを押し包んでいく。

「な、なにをしやがるっ！」

「どきやがれっ！　このくそ坊主どもがっ！」

揉みくちゃにされた無頼漢たちの怒号があがる。

それにはお構いなしに、住吉踊りの一団は熱を帯びていく。

「ああっ！」

と、宇之吉が一団の輪から弾き出されるように逃げるお浜を指さした。

「女を逃がすんじゃねえっ！」

李休が喚《わめ》きながら、無頼漢たちを煽った。

揉みくちゃにされた無頼漢たちが、ようやく事態の異変に気付いて、願人坊主たちを押し退け、踊りの輪から飛び出した。

いつの間にか、弥太郎までが商家の若旦那ふうの男に抱えられて、浜辺のほうに逃げ出していた。

李休が逃がさじと、後を追って走る。

その前に、スタスタ坊主の朴斎が、片手に扇、片手に幣《ぬさ》を振り振り、踊りこんできた。

「スタスタや、スタスタスタスタスタ坊主の来るときは、世の中よいと申します。とこまかせでよいとこなり。お見世も繁盛でよいとこなり。旦那もおまめでよいとこなり」

と巧みに李休の行く手を阻んだから、素裸に腰注連縄《しめなわ》の巨体に抱きつくかたちになった李休は、喚き散らした。

「ええ、どきやがれっ！　邪魔だてすると痛い目をみるぜっ！」

その声を合図に、無頼漢たちは懐にのんだ匕首《あいくち》を摑み出して抜き放った。

「くそ坊主！　殺してやるっ！」

その時だった。

「まてまてまて！　朝っぱらから何の騒ぎだ。鎮まれ、鎮まれ、鎮まれい！」

朱房の十手を振りかざして、多門慎吾が走り込んできた。

着流し巻き羽織の出で立ちは、どうみても町同心にしか見えない。町触れ同心といっても十手は常備している。

無頼漢たちの気勢は一気に削がれた。

「本日は、佃島《つくだじま》の住吉神社の御縁日でございまあす！」

朴斎が、扇を振りかざして大仰《おおぎょう》に挨拶をする。

「朝のうちから、人騒がせなことをするでない」

慎吾は吹き出したいのをこらえながら叱りつけた。

いつの間にか近所の住人たちが押しかけて人垣ができていた。

宇之吉は勝蔵、勝次の袖を引いて、その背後に連れ出した。李休も無頼漢たちの姿もすでにそこにはない。

七

「ちきしょう！」

海蔵寺の裏手の墓地に、勝蔵父子を連れて逃げこんだ宇之吉は、忌ま忌ましげに爪を嚙んだ。

「どういうことなんだ、これは」

思わぬ展開に、勝蔵が声を荒らげて宇之吉に詰め寄った。

勝次は、あまりの怒りに声さえ失って唇を悔しさで震わせている。

そこへ、李休が駆け戻ってきた。

「やられやした！　お浜も、弥太郎も、どこへ逃げ込んだものか、皆目わからねえ」

と唾を吐き捨てた。

「とんだことになった……わたしらが町方役人に詮議を受けるようなことにはならないだろうな」

勝蔵が、早くも保身の思案を巡らしている。

「そんなヘマなことにはなりませんよ」

宇之吉は侮蔑するような目を向けて、少し落ちつきを取り戻していた。

「あの町同心は、定町廻りの旦那じゃありません」

「知っているのか？」

「町触れ同心ですよ。馬喰町の公事宿じゃ知らない者はいねえ……」

「あの願人坊主たちは、橋本町の連中じゃねえですかい？」

李休は思い出す目で言った。住吉踊りの連中は笠に垂らした布で面体《めんてい》は確認しがたかったが、スタスタ坊主の巨漢には見憶えがあった。

「そうか……なんとなく見えてきたな」

宇之吉が蛇のように目を眇めて思案を巡らしていた。

「鈴屋が……裏に絡んでいますね」

「鈴屋といえば、弥兵衛が公事宿にしている旅籠じゃないか」

勝蔵が言って、伜と顔を見交わした。

「鈴屋も、弥太郎たちの行方を捜していたんでしょう」

李休は苦々しげに言ったが、まさか自分の動きからこうなったとまでは思いは及ばない。よしんば思ったにしても口には出せなかった。

「鈴屋が絡んでいるなら、こっちにもやりようはあるってもんで……」

宇之吉はニタリと北叟笑《ほくそえ》んだ。

「それじゃ、お浜たちは、鈴屋に匿《かくま》われているとでも⁈」

勝次が息巻いた。

「そう踏んで、探ってみましょう」

「けんど、月が変わる前に弥太郎が鈴屋の差添で御用屋敷に出庁するようなことになったら、どうするんだ！」

勝蔵は息子以上に昂奮して、額に筋を立てた。

「公事は、そう早くは進みません。御用屋敷は煩多《はんた》で、仮に鈴屋から新たな届けがあっても、出庁までには半月は要します。つまりは、その前に、手立てを講じれば、網元の初期のもくろみは遂げられます。いえ、そうしてみせますよ」

宇之吉は、持ち前のふてぶてしさを取り戻していた。

「李休……分かっているな」

「へえ……あの町触れ同心を闇に沈めるには……ちっと嵩《かさ》が張りますが……」

それは多門慎吾の暗殺を匂わせていた。

「ここまできたんだ。何でもやってくれ。出来るなら、弥太郎もお浜も、世間に知られぬように始末してもらったほうが有り難い」

勝蔵は本性を現した。ここまで首を突っ込んだからには、後には引けなかった。

間一髪で救い出されたお浜と弥太郎は、屋根船に乗せられて隅田川を逆上《さかのぼ》っていた。

お寿々はお浜につきっきりで、病んだ体を気づかっていたが、時折り嘔吐《おうと》を催すお浜を介抱しながら耳元で囁いた。

「お浜さん……おめでただわ……」

「えっ……？」

お浜の嘔吐は船酔いによるものではないと、お寿々は直観した。

「船は、このまま吾妻橋《あづまばし》を過ぎてもらったほうがいい」

と久右衛門がお寿々の耳元に囁いた。

「本所の外れの請地村《うけじむら》には、私の名義になる植木屋があります。ひとまずそこへ二人を匿ってみてはどうだろうか？」

お浜の体を気づかって側にいた弥太郎が、それを聞いて伏し拝んだ。

「お願いいたします。このとおりで……」

弥太郎は、思いがけない救いの手に戸惑っていたが、お寿々の口からお浜の懐妊を知り、欠け落ち人の定めを聞かされていただけに、藁《わら》にも縋《すが》る思いだった。

「そうして貰えると有り難いわ。慎吾さまが戻ってから、あとの思案を仰ぐしかない……」

お寿々は、品川の騒ぎでお浜を抱きかかえるようにして逃げたときに、宇之吉の顔を見ていた。このまま鈴屋に匿っては、二人に危険が及ぶと思っていた矢先だった。

お寿々は、お浜と弥太郎を請地村の植木屋に送って鈴屋に戻った。

ほどなくして慎吾が鈴屋の暖簾を潜ってきた。

お寿々は、久右衛門の機転で二人を請地村に預かってもらったことを告げた。

「そいつぁ上出来だ。それで久右衛門は？」

「しばらく二人についていると言ってくれましたが……」

「ふむ……宇之吉のことだ……人を使って橋本町の願人坊主たちに、こんどの関わりの探りを入れてくる。鈴屋にも目をつけるだろうから、お寿々はしばらくここを動くな」

慎吾はお寿々と下代部屋に入ると、吉兵衛に言った。

「弥太郎とお浜の両名は、鈴屋の預かり人となった旨、届出を出しておいたほうがいいだろう。万が一の場合、その届出日が二人を欠け落ち人の定めから救うことができる。なに御用屋敷の差紙はすぐには来まい……」

「だとよろしいのですが……なにせ相手は宇之吉と李休です。どんな裏の手を使ってくるか油断はできません」

「こっちも裏をかいてやるのさ。二人を匿った先さえ知られなきゃ、手も足もでまい。その間に、向こうの訴状をひっくりかえす手立てを考えることだ……」

「弥兵衛さんには、このことをお知らせしておいたほうがいいでしょうか」

お寿々にしてみれば、ともかくも二人の無事だけでも伝えてやりたかった。

「それがいい。だが、すぐには江戸に出てくるなと一言添えることも忘れるな。先方も尻に火がついておる。力づくで品川に踏み込んだ連中だ。爺《と》っつぁんが江戸へ出てきたら、またぞろ何をやらかすか分かったものじゃない」

「二階の皆様には何とお話ししたらよろしいでしょう。久右衛門さんがこのまま帰らないと不審に思われます」

「そうだな……宇之吉たちに顔を見られてなきゃいいが……。どっちにしても俺が請地村の様子を見てこよう」

と慎吾は腰をあげた。

「慎吾さま……くれぐれもお気をつけて……」

無頼漢の騒ぎをみているだけに、お寿々も気が気ではなかった。

「あっはっは、真っ昼間から町同心を襲ってくるほどの度胸はあるまいよ。せいぜい後をつけられぬよう用心するだけだ」

笑い飛ばして慎吾は出ていった。

下代部屋で吉兵衛が届出状を書いている間、お寿々は自室で弥兵衛宛ての手紙を書いた。二人の無事を伝えて安心させてやるつもりだったが、品川の騒ぎの事までは書き添えなかった。それこそ新たな不安に、いてもたってもいられなくなると思ったからだ。

お寿々は、筆を止めて、ふと文箱に目をやった。

この正月に届いた一通の封書が目に止まる。

「秀佳尼《しゅうけいに》さま……」

鎌倉東慶寺《とうけいじ》の院代《いんだい》に仕えている初老の尼僧で、お寿々の母方の妹にあたる叔母だった。駆け込み寺で知られる由緒ある尼寺で、開基は北条時宗《ほうじょうときむね》の夫人だが、千姫《せんひめ》の養女になった豊臣秀頼《とよとみひでより》の娘・天秀尼《てんしゅうに》が住持となって女人救済に尽力して以来、離縁に苦しむ諸国の女人が縋る最後の砦《とりで》だった。

公儀の認める縁切り寺は、千姫を初代住持とする世良田《せらだ》の満徳寺と、鎌倉東慶寺の二つしかない。

東慶寺は今は住持はおらず、院代と呼ばれる境内の蔭涼軒主の尼僧が、代々差配を代務していた。

秀佳尼は、そこで駆け込む女人たちの寮母のような役を担っていた。また一般にはあまり知られていないが、東慶寺は金融も手掛けることを公認されていた。

寺格が高いので揉め事はそうそう起こらないが、それでも尼寺では手に余ることもある。そんな折りに秀佳尼は鈴屋を公事宿として、寺社奉行や勘定奉行、代官や町奉行の合議する評定所に出向く。お寿々も何度か差添として同行したことがあった。

お寿々が目にした封書は、この正月に鎌倉鶴《つる》ヶ岡《おかはちまんぐう》八幡宮が火災に見舞われたとき、無事を問い合わせたお寿々への返書だった。

お寿々の胸に仄《ほの》かな灯がともった。

「お浜さんを、救ってやれるかもしれない……」

欠け落ち人にされる危難から逃れたにしても、その後のお浜の運命は幸せとは程遠いことになるのは明らかだ。

それでは弥太郎との暮らしを引き裂くことにもなるが、そんなことを斟酌《しんしゃく》している場合ではなかった。しかもお浜は身ごもっているのである。

二人を説得するしかないと、お寿々は思った。

東慶寺に駆け込むことが許されれば、あのおぞましい勝次と離縁することができる。

「……三年」

三年の間は尼として世間に出ることは許されないが、生まれてくる子供とお浜のことを思えば、弥太郎も承知するに違いない。

お寿々は、すぐにも請地村に飛んでいきたい気持ちになったが、慎吾からきつく止められている。

――慎吾さまが見えたら、さっそく相談してみよう……。

逸《はや》る思いを抑えながら、お寿々は叔母への嘆願書の筆をとった。

八

「とんでもねえ野郎だ！」

その日の夕まぐれ。慎吾は久右衛門と辻駕籠に身を隠して鈴屋に戻ってくるなり、吐き捨てるように言った。めずらしく怒りも露わに昂奮している。

慎吾は、あれから一旦、数奇屋橋《すきやばし》御門の南町奉行所に入り、辻駕籠で門を出て請地村へ向かった。鈴屋に宇之吉の息のかかった者の目が張りついていると思ったからだ。

案の定、奉行所の前にはそれとなく慎吾をつけてきたような、遊冶郎《ゆうやろう》風体の男が見受けられた。李休の下座見仲間かもしれない。

「宇之吉め……ずいぶん手回しが早えな……」

品川でどじを踏んでから、連れ去られた弥太郎とお浜を奪い返そうと、慎吾に張りつかせたにちがいなかった。このぶんだと鈴屋も橋本町にも、他の者の目が光っているに違いない。

まさか、あからさまに鈴屋に踏み込むことはあるまいが……と慎吾はお寿々の身を案じながら吾妻橋を渡り、お寿々から聞いた請地村の植木屋にたどり着いた。

機転のきく久右衛門は、町医者を呼んで、お浜の身を気づかっていた。

弥太郎もつきっきりでお浜の手を握っていたが、この後どうしたものかと途方に暮れていた。

慎吾が顔を見せると、久右衛門は沈痛な面持ちで庭に招き、それまで弥太郎から聞いた出奔の経緯を伝えた。

慎吾も耳を疑うほどの内容で、お浜の容体が落ちつくのを見届けてから、二人は鈴屋にとって返したのだった。

夕まぐれの馬喰町の表通りの人込みに紛れて、久右衛門と慎吾は別々に鈴屋の暖簾を潜った。

手代の清六から、とくに異変のないことを確認した慎吾は一安堵したが、出迎えたお寿々の顔をみて、抑えがたい怒りを口にせずにはいられなかったのだ。

奥の部屋で、慎吾はお浜が追い詰められた事情をお寿々に伝えた。

「勝次の祝言てなぁ、実は親父の勝蔵がお浜を慰みものにするための、世間の目を欺《あざむ》く企みだったんだ……！」

「なんですって……」

お寿々は一瞬、目眩《めまい》がするほどの衝撃を受けた。

「勝次は、札付きの放蕩者で、漁師仲間を連れて戸塚宿や藤沢宿の飯盛女を三日にあげず買いにいったそうだが、親父の方は素人の若い女に目がねえ野郎で、これと目をつけた女は無理やり妾にして囲っていた。そんなやつだから腰越の漁師の娘お浜に、前々から目をつけていたんだな。それで倅をけしかけて嫁に迎えようと段取りをつけた……まったく、とんでもねえ父子だ」

久右衛門がその後を継いだ。

「お浜の父親の潮五郎が、時化《しけ》で持ち船をなくしていたのに付け込んで、それを提供しようと持ちかけたんだそうですよ。潮五郎にしてみれば背に腹はかえられない。ところがお浜は弥太郎とは数年越しの恋仲で、お浜は泣いて断ってくれと父親に言ったそうだが、父親の顔を潰すわけにはいかず、泣く泣く祝言に持ち込まれたってわけです」

「あたしには、お浜さんの、その時の気持ちがよくわかる気がします」

お寿々も、怒りに声を震わせていた。

「で、祝言の宴の裏で、勝次と勝蔵が花嫁との初夜の順番を巡って揉めていたのを、お浜が偶然、耳にしたんです……」

聞いてお寿々は息をのんだ。

「恐ろしくなって、裸足《はだし》で逃げ出したお浜が、宴にも呼ばれず浜辺で泣き暮れていた弥太郎とばったりだ。ふたりは船で、夜の相模湾を三崎を巡って江戸湾に必死で逃げ込んだ、ってわけなのだ」

「これじゃ、欠け落ち人にされる二人を期限までに救ってやっても、お浜は勝次のもとに返されてしまう。弥太郎の一方的な花嫁掠奪の嫌疑は晴れるにしても、勝蔵親子の邪《よこしま》なからくりを立証するものは、本人の自白以外何もない……」

「俺も切羽《せっぱ》つまったよ……」

いつもの慎吾らしからぬ消沈ぶりを見て、お寿々は東慶寺の叔母の一件を相談した。

「おう！　お寿々、それだ」

「それなら二人は救われる」

慎吾と久右衛門は思わず膝を打って見交わした。

「よし、お浜を鎌倉に逃そう」

「でも、お浜さんの体が気掛かりです。数日待ってから……」

「いや。思いたったが吉日だ。悠長にはしておれぬ。事情を知ればお浜もその気になってくれるにちがいない」

慎吾は刀を握って立ち上がった。

「多門さま、このまま飛び出してはつけられるおそれが……」

さすがに久右衛門も慌てた。

「俺は囮《おとり》になる。朴斎にも、もう一肌脱いでもらって、見当違いの下谷《したや》か雑司《ぞうし》ヶ谷《や》に見張りの目を引きつけさせる。その間に、お浜を江戸から逃すことが出来まいか……」

「お寿々さん、東慶寺の叔母さんに出した飛脚は……？」

「早ければ、明日の朝にも……！」

「よし、やろう！　伸《の》るか反《そ》るかだ」

「それじゃ、請地村の二人は、私が！」

久右衛門も意気込んで立ち上がった。

「あたしも、連れて行ってください。叔母様のもとに嘆願書が届いていなければ、門を開けてはもらえません」

そこへ吉兵衛が顔を出した。不安で声が震えている。

「宿の前で、気になる連中がウロウロしていると、お梶が怯《おび》えております」

「こうなりゃ却《かえ》って都合がいい。吉兵衛、朴斎を呼んでくれ」

吉兵衛は庭下駄をつっかけて裏庭を走り出していった。

「若旦那……あとは任せた」

「命にかえても、お浜と、お寿々さんはお守りいたします」

その言葉が終わらぬうちに、慎吾は刀を落とし差しにして部屋を出ていった。

「鈴屋の連中が、動き出しやしたぜ」

西両国の米沢町の居酒屋に、勝蔵父子と腰を据えていた宇之吉のもとへ、李休が注進してきた。

「多門の旦那は、亀井町から神田堀に向かってます。橋本町の坊主どもは、こそこそと柳原通りを浅草御門のほうへ……」

「なめやがって……引っかき回そうたって、その手にのるか」

「うっちゃっておきやすかい」

「そうもいかねえだろう……昼間のうちに鈴屋を探らせた貸本屋の話じゃ、常陸の在所から物見遊山にきた連中の他には、泊まっている客なんざいないということだし、どっちにしても二人は江戸のどこかに匿われている。手分けして後をつけるしかねえ」

「宇之吉さん……仮に、町同心の行く先に弥太郎たちが匿われているとわかったときには、どうするんだね」

「そんときァ、あちらに控えている先生にお出まし願うだけですよ」

宇之吉は居酒屋の隅の卓で独酌している浪人者を目で促した。

「お江戸にゃあ、闇で生業《なりわい》をたてている御方もおりやすんでね」

いかにも自信ありげな口ぶりから察するに、浪人者はよほどの手練《てだれ》にちがいない。

そこへ、宇之吉の下座見の一人が走りこんできて、耳打ちした。

「なんだと？」

鈴屋の動きを見張っていた一人で、手代の清六が御用屋敷の腰掛けへ書状を届けたのを知らせていたが、その足で飛脚屋に立ち寄ったことを聞いた宇之吉は、届け先を探らせていたのだった。

「東慶寺……」

お寿々が託した早飛脚の行き先がわかったのだという。宇之吉は油断なく思案を巡らせた。鈴屋には先々代の内儀にゆかりの尼が、時折り立ち寄っていたことを思い出したが……なぜ今、そこへ早飛脚を飛ばしたのだろう。

「東慶寺といえば……鎌倉松ヶ岡の、駆け込み寺だな」

勝蔵が色をなした。

「縁切り寺だ」

勝次が息巻いて立ち上がった。

「なるほど……そういうことになってるたぁ、気がつかなかったな」

「こうしちゃあいられない。お父っつぁん！　お浜が駆け込む前に連れ戻そう」

「宇之吉さん、ここまで来たんだ。手を貸してくれるね」

勝蔵も鎌倉へ行くつもりで言った。

「言われるまでもありませんよ。ここで引っ込んだんじゃ帳尻が合わねえ……」

「お浜は、もう江戸を出たんだろうか？」

「いや……いくら何でも今日の今日ということはねえでしょう。飛脚を出した時間を考えてみても、早くても鎌倉につくのは明日だ。女駕籠じゃあ東海道をすっ飛ばすわけにもいかねえでしょう。今からなら先回りできるかも知れねえ……」

宇之吉は冷静だった。公事師を束ねるだけあって悪知恵は巡る。李休を手招いて段取りを急がせた。

「多門の野郎は、どうしやす……？」

「江戸のうちで椋呂木《むくろぎ》の先生に始末してもらっておいたほうがよさそうだ。今朝の品川のこともあるしな……」

と不敵に笑った。

町同心の密殺さえ辞さない宇之吉のふてぶてしさに、さすがの勝蔵父子も息をのんでいる。

九

神田堀沿いから浜町河岸に向かう慎吾は、後ろをつけている気配が消えたので、拍子抜けしていた。まさかお寿々や久右衛門の目から尾行の目を逸らす囮の動きを察知されたとは思っていない。

左手に武家屋敷がならぶ薄暗い通りをそぞろ歩いていると、行く手の路地から一人の浪人者が現れた。

殺気を殺しているが、腰の座り方からすると相当の遣い手であることがわかる。

――居合か……。

慎吾は咄嗟に気づいて、近づく間合いに歩みを進めていった。

慎吾も平山行蔵子竜《ひらやまこうぞうしりゅう》の真貫流《しんかんりゅう》の流れをくむ、長沼一鉄《いってつ》門下の目録の腕である。道場剣法の盛んなこの時期、『常在戦場』を日常の心構えとする実用剣法だった。

臆することなく間合いに踏み込んだ慎吾を、すれ違い様に刃閃が疾《はし》った。

すかさず大刀を抜いて弾きあげた慎吾は、体《たい》を入れ替え、振り向き様に袈裟《けさ》がけに刺客を斬り下げていた。

一撃必殺の初太刀をかわされて、唖然と振り返った刺客は肩口から血飛沫《ちしぶき》を噴きあげて膝から頽《くずお》れていった。

行く手の路地の奥で走り去る足音がきこえた。

追うまでもない。浪人が宇之吉が放った刺客であることを知って、慎吾は馬喰町に向かって走り出した。

早々と刺客を向けてきたからには、向こうも何か新たな情報を掴んだに違いない。

慎吾が鈴屋に戻ると、お寿々と久右衛門は在所の一同と花火見物に両国へ出た後だという。お寿々たちは納涼船に紛れて隅田川を逆上り、請地村のお浜たちのもとへ向かう手筈になっている。

そこへ、朴斎とともに裏庭からやってきたのは南町奉行所・定町廻り同心の白樫寛十郎だった。橋本町の長沼道場に立ち寄っての帰りらしい。

「慎吾。やっかいごとを背負いこんだようだな」

朴斎から、あらまし聞いているようだ。

「浜町河岸で辻斬《つじぎ》りを一人始末してきた。あとは頼む。それより、公事宿に巣くうダニ退治に、一肌脱いでもらいたい」

言って、手代の清六を呼んで、相模屋の宇之吉の動きを調べてくるようにと走らせた。請地村のお寿々たちのことが気になったが、久右衛門がついているかぎり異変があれば使いを寄こしてくるだろう。慎吾は迂闊《うかつ》に動けなかった。

翌日。鎌倉松ケ岡の東慶寺の急な石段の上にある山門に、初老の清楚な尼僧が立っていた。朝から何度こうして出てきたことか……。

秀佳尼は姪のお寿々の早飛脚の書状を受け取ってから、住持に子細を話して、お浜の駆け込みの手続きを整えていた。

だが、夕方近くになっても、お寿々の姿もお浜とおぼしき女人も現れない。

書面には、急を要する焦りが滲み出ていた。秀佳尼は、不安な思いで吐息をつき、門内に戻っていく。

石段の下の傍らに小さな茶店がある。

そこに宇之吉と勝蔵・勝次父子が、尼僧の様子を葦簾《よしず》越しに窺いながら潜んでいた。

「あの様子じゃ……お浜も鈴屋の連中もまだ駆け込んじゃいねえようだ……」

夜を徹して東海道を駕籠を連ねてやってきた連中は、交代で仮眠をとりながら門前を見張っていた。

街道の木陰に、遍路《へんろ》姿《すがた》の男女が一組、茶店の様子をそれとなく窺っている。

久右衛門とお寿々だった。

「よもやとは思いましたが……まさか先回りされているとはね」

「でも、久右衛門さんの機転で、こうしてあたしたちが様子を見にこなければ、とんでもないことになっていました」

「せっかく、ここまできたのに……」

と久右衛門は、憔悴《しょうすい》の色濃いお寿々の笠の下の顔を気づかった。

久右衛門は、請地村にお寿々を伴い、お浜たちに決行を促してから、船を仕立てて隅田川を下り、羽田村から玉川の渡しで川崎に入った。そこから駕籠で東海道を辿り、鎌倉街道に逸れて朝比奈《あさひな》から東慶寺を目指した。

お浜の疲労が激しいので、荏柄天神《えがらてんじん》下の茶店で二人を休憩させ、お寿々と久右衛門は一足先に秀佳尼を訪ねることにしたのである。

「東慶寺の裏手から入るということはできますか?」

「いいえ、裏手は懸崖《けんがい》の山です。山門を潜るしかありません」

「せめて多門様でもいてくれりゃ、何とか埒があくかもしれないのだが……」

久右衛門は弱音を吐いた。知恵も機転も金もある久右衛門だが、腕っぷしのほうはからきし自信がない。

まごまごしていると、お浜たちが後からやってくる。

思案に暮れていると、背後から馬蹄《ばてい》の響きが近づいてきた。

一丁ほど先の円覚寺の山門前の街道を、砂埃をたてて馬を駆ってくるのは多門慎吾だった。

慎吾は手代の清六から、相模屋の宇之吉が早駕籠を手配して東海道を上ったと聞いて、奉行に掛け合って初音の馬場の厩舎から、駿馬《しゅんめ》を借り受けて一目散に飛ばしてきたのである。

「慎吾さま！」

お寿々は危険も省みず街道に跳び出していた。

手綱《たづな》を引いて馬を止めた慎吾は、馬上から声を放った。

「お浜は?!」

「山門を潜れません」

馬から降り立った慎吾は、久右衛門からのっぴきならない事態を告げられた。

「小悪党めらが！」

そこへ、旅装のお浜を抱え込むようにして弥太郎がやってきた。

「お浜さん！」

お寿々が思わず走り寄る。

「俺が道を開ける。その間にお寿々たちは、お浜を包み込んで山門へ駆け込め」

言うなり慎吾は茶店に走りこんだ。

「宇之吉！　お前の悪運もここで尽きたぞ」

忽然《こつぜん》と現れた慎吾に、宇之吉たちは浮足立った。

李休と宇之吉は匕首を抜いて、慎吾に襲いかかったが、忽ち鞭《むち》で眉間を割られ、首根を強《したた》かに打ち込まれて、悲鳴をあげて転がった。

その間に、お浜を包み込むようにして、お寿々たちが石段を上った。

勝蔵と勝次が、匕首を抜いて襲い掛かる。

「させるか！」

勝次の一撃を、弥太郎はまともに背中に受けた。

「弥太郎さんっ」

お浜の悲痛な叫びが上がった。

「早くっ、山門へ！」

崩れる弥太郎の傍から、久右衛門が猛然と勝次に体当たりした。

「お寿々さんっ、早くっ！」

勝蔵がお寿々の肩を摑んで匕首を振りかざしたとき、慎吾がその手首を摑んで、顔面に拳骨をくれた。

ぐしゃっと音がして、勝蔵の顔は石榴《ざくろ》のように砕けて血飛沫を散らした。

慎吾の真貫流は、剣技だけではない。柔術、馬術、拳法にわたる戦場の闘いを前提とした一撃必殺の荒技ばかりである。

李休も勝次も、慎吾の拳骨に顔面を砕かれて、たちまち大地にのたうち回った。

石段の上から女の声が降ってきた。

「お寿々……」

騒ぎを聞きつけて走り出てきたのだろう、山門の前に尼僧が立っていた。

「叔母様……」

お寿々は、ようやく喉に張りついた声を絞り出した。


事態は急展開した。

お浜は東慶寺に引き取られた。

背中を斬られた弥太郎は重症だったが、秀佳尼の手当てを受けた後、川名の親元に送り届けられた。

叔母に、お浜の後を託したお寿々は、慎吾たちと江戸に戻った。

御用屋敷が弥兵衛の出庁を命じた八月一日は明日に迫った。

陰暦八月は西暦で九月の半ばになる。朝夕には秋風のたつ頃になった。

それでも昼日中は残暑が続いていた。

お寿々は、鈴屋の暖簾の前で、久右衛門たちの一行を送り出してから、ふと空を見あげた。陽光のなかに虹色の日照雨が音もなく降ってきた。

お寿々は、目をしばたたいて、雨の向こうの表通りに目を凝らした。

皺深い顔を綻ばせて弥兵衛がやってくるまで、お寿々はそのままで待っていようと思った。

――やっと、弥兵衛さんの笑顔が見られる……。

それも、慎吾や久右衛門や朴斎の支援の賜物《たまもの》である。つきつめれば、亡き父の遺徳に守られていたことを、お寿々は今更ながらに思い知らされた一件だった。

それを感謝しながら、お寿々は新たに気を引き締めていた。

「あたしも……もっと、しっかりしなくちゃ……」

公事宿の仕事の奥深さを噛みしめていたが、通り雨から慌てて公事宿の庇に駆け込む人々で、表通りは急に疎らになった。

馬喰町の西から、巻き羽織に小銀杏の町同心が、小柄な旅姿の老爺に付き添うようにやってくる。多門慎吾だった。

二人の足取りは軽い。

弥兵衛がお寿々の姿に気づいて、立ち止まり、小腰を屈めて深々と頭を下げている。

慎吾が、煌く日照雨のなかで微笑していた。

第二話　母恋風車

一

「平馬《へいま》！　打ち逸《はや》るな！」

多門慎吾《おかどしんご》の叱咤《しった》の声が響きわたった。

初音の馬場の北裏にある橋本町四丁目の長沼道場で、入門したての倉田《くらた》平馬は戸惑っていた。まだ十二歳の細身の体ながら、よく撓《しな》る敏捷な動きを見せ、目には凛《りん》とした力がある。整った顔立ちはいかにも聡明そうだ。

長沼道場に入門するまで父に庭稽古をつけられていた癖が抜けない。それで、つい相手の打ち込みに機敏に反応して竹刀《しない》が動いてしまう。

なんとも奇妙な稽古風景であった。

紙をはった笊《ざる》を被り、敵に好きなだけ頭上を打たせて、敵の太刀筋の遠近を見極めて後に、勝負の剣を教えるのが真貫流の最初の練習方法であった。

これは敵の太刀を受けたり外したりするためではなく、ただひたすらに一太刀で勝負を決する同流の基本であった。

平馬は一尺三寸の短い竹刀を持ち、三尺三寸の竹刀を持つ二十歳前後と思われる相手と対峙《たいじ》していた。入門したては、ただ竹刀を手に進み出ることしか許されない。

多門慎吾は長沼道場の師範代で、甥《おい》の平馬の初稽古に立ち会っていた。道場に居並んでいる六名ほどの門弟は、いずれも若く、御家人の部屋住みの子弟がほとんどである。

文政期《ぶんせいき》（一八一八〜三〇）のこの当時は一刀流が主流で、『常在戦場』を信条とする古風な実用剣法はあまり人気がなかった。

平馬の父、倉田平四郎《へいしろう》は慎吾の実兄である。勘定奉行所の同心であるが、幼少より才気煥発《さいきかんぱつ》の片鱗《へんりん》をみせた三男の平馬に並々ならぬ期待を寄せていた。

すでに上役の与力から養子の口もかかっている。そこで多門家に養子に入って、南町奉行所の町触れ同心の役についている実弟の慎吾と相談して、長沼道場に入門させることにしたのである。

江戸の剣流は泰平の世に流れて、実戦の心構えを忘れている。そんななかで真貫流は異色だった。慎吾の師、長沼一鉄は、平山行蔵子竜の高弟で『講武実用流』ともいわれる、師の文武両道の実践を標榜《ひょうぼう》していた。

真貫流の剣法を中心に、大島流槍術、渋川流柔術、長沼流軍学、武衛流砲術、水泳弓術、馬術と武芸の全ての奥義を極めた平山行蔵は、儒学、農政、土木にも通じ、海防問題にも明るい。晩年の松平定信《まつだいらさだのぶ》や心ある幕閣から一目置かれていた剣客だが、出身が伊賀組同心だったので、奢侈脆弱《しゃしぜいじゃく》に流れる当節の高禄の武家には人気がなかった。

平馬の父・平四郎は、生まれつき病弱で武芸はそこそこだったが、実弟から真貫流の奥深さを聞くにつけ、子息のなかで最も鋭敏な平馬を預けることにしたのである。

「よい。本日はそれまで」

慎吾は一刻（二時間）ほどの稽古を終えて、非番で顔をみせた同門の南町奉行所・定町廻り同心、白樫寛十郎にあとをまかせて道場を出た。

「腹がへったか」

慎吾は、微笑しながら末頼もしい甥に声をかけた。

「はい。いささか」

「さもあろう」

慎吾は初音の馬場の横路を辿り、馬喰町三丁目に向かった。

「人心地つけてゆけ」

剣術の稽古のあとは初音の馬場で馬術に汗を流すように、平馬は父に言われてきている。育ち盛りの体では身が持つまいと、慎吾は馴染《なじ》みの公事宿『鈴屋』に連れていくことにした。

思えば慎吾も平馬の年頃に、腹をすかしてこの路を辿ったものだった。その情けない足取りを見て、「坊っちゃん、ちょっと寄っていきなせえ」と声をかけてくれたのが、今は亡き鈴屋の主人・与兵衛だった。

部屋住みの身では買い食いもならず、親切に甘えて鈴屋に出入りするようになった慎吾だが、そのとき以来、今の鈴屋の女主人になっているお寿々とは顔なじみである。

町触れ同心という役目がらもあり、馬喰町一帯の公事宿には縁がある。両親を亡くし、迎えた婿養子もわずか一年たらずで亡くして、寡婦となっているお寿々を、それとなく陰で支えてきた。

「まあ、慎吾さま。ちょうどよいところへ」

いつもの癖で裏庭口から入ってきた慎吾と平馬を迎えて、お寿々は顔を綻《ほころ》ばせた。

「ちょうど、おはぎが出来上がったところですよ」

台所からいい匂いが漂ってきていた。

ちょうど彼岸の入りで、町家はどこも、おはぎ作りに忙しい。

「平馬、お前は運がいい」

慎吾は奥座敷の縁側に甥とともに腰を下ろし、鰯雲《いわしぐも》のわく高い秋の空を見上げた。

「そろそろ仲秋の名月だな……」

平馬は礼儀ただしく叔父の横に座っていた。

おはぎと茶を盆にのせて戻ってきたお寿々と、屈託のない世間話をする慎吾の横で、平馬は眩《まぶ》しそうに女主人の横顔を窃《ぬす》み見ていた。

身も心も包まれるような温もりのある美しい笑顔は、思春期に入った少年の心をときめかせた。

日頃、躾《しつけ》にやかましい母からは感じられない和《なご》やかさがあった。

慎吾に紹介されて、平馬ははにかみながら小声で挨拶した。知らず赤面してくるのが自分でもわかる。

「なんだこいつ赤くなっておる。見かけによらず早熟らしい」

慎吾が笑いを交えて冷やかすのに、平馬は身の置き所もなく俯《うつむ》いた。

そこへ、怪訝《けげん》そうな顔でのっそりと入ってきたのは下女のお亀である。

「店の前で、うろうろしている変な男の子がいるんですけど……」

「近所の子？」

「いいえ、みかけない子ですよ。さっきから店の前を行ったり来たりしながら、なかの様子を窺うふうで、入るでもなし、帰るでもなし」

「幾つくらいの子？」

「ちょうど、そこの坊っちゃまと同じ歳恰好です。身形《みなり》はそこそこの物をつけていますから、どこぞのお店《たな》の坊《ぼん》でしょうか」

だったら、一声かけてみればよいのに……とお寿々は思ったが、そこまで気は回らないお亀である。

「どれ、俺が見てこよう」

慎吾が苦笑しながら腰をあげた。

やがて慎吾に伴われて、平馬と同じ歳恰好の男の子が入ってきた。

手には風車が握られている。

いかにも利かん気な顔だが、悄然《しょうぜん》とした姿で入ってきた男の子は、平馬が手にしていたおはぎを見ると、ますます情けない目になった。

「ここに泊まっている父親を尋ねてきたらしい」

慎吾が言って、「突っ立っていないで、まあ座れ」と促した。

膝を揃えてモジモジしている男の子の様子を察して、

「おなかすかしているのでしょ？　ちょっと待って」

お寿々が腰を浮かせるのへ、

「御馳走になりました。わたくしは、これで失礼いたします」

平馬が縁側から立ち上がり、礼儀正しくお寿々に頭を下げた。

「平馬、馬場まで一人でゆけるか？」

と慎吾が言うのへ「子供ではありません。大丈夫です」と、平馬は気負い立って大人びた言い方で応えた。

「平馬様、お稽古帰りには遠慮なく立ち寄って下さいな。慎吾様の子供の頃と同じように」

「ありがとう存じまする」

一礼して平馬は裏庭口から走り去っていった。

お寿々が皿にのせたおはぎを運んで差し出すと、挨拶もそこそこに男の子は手を出してかぶりついた。

「おまえ、名は何という？」

「幸吉《こうきち》……」

頬におはぎを含んだまま男の子は答えた。

「ああ……」

とお寿々が思わず膝を叩いた。

今、鈴屋に宿泊しているのは三組、五人で、うち幸右衛門《こうえもん》という三十半ばの川口の漆《うるし》問屋の主人が金公事で、この七日ほど一人で泊まっていた。

「川口の幸右衛門さんの坊っちゃん？」

おはぎでつかえた胸をドンドンと叩きながら、幸吉は頷いた。

「一人で、川口から出てきたのか？」

慎吾の問いに頷く幸吉は、川越《かわごえ》から木材を運ぶ筏《いかだ》に乗せてもらい、荒川を下って江戸まで来たのだと言った。

「その歳で、よくまあ一人で……」

お寿々は、子供の足で、よく迷わず来られたものだと感心した。

「お父っつぁんは、夕餉《ゆうげ》までには戻るから、二階の部屋で待っているといいわ」

お寿々が茶を勧めた。

と、幸吉はみるみる大きな目に涙を溢れさせ唇を震わせた。

店の前でウロウロしていたのには、入るに入れなかった事情があるに違いない。

お寿々は、どうしたものかと目顔で慎吾に問うた。

「どっちにしても、湯屋でサッパリしてこい」

髪も顔も手足も埃《ほこり》まみれである。

お寿々は番頭の吉兵衛を呼んで、手代の清六に町内の湯屋に幸吉を連れて行かせた。

だが、その夜、町木戸が閉まる刻限になっても父親の幸右衛門は鈴屋に帰ってこなかった。

二

「こんなことは初めてなんですよ」

　翌日、幸吉のことが気掛かりになって鈴屋に立ち寄った慎吾に、お寿々は二階で寂しい一夜を過ごした幸吉を思いやる目で顔を曇らせた。

　川口の漆問屋・西田屋《にしだや》幸右衛門が、金公事《かねくじ》で鈴屋に投宿するのはこれで三度目で、訴訟は一年ほどになるのにまだ解決に至ってない。

　公事宿は、訴訟当事者を預かり人として、勘定奉行所や関東御用屋敷の公事役所からの差紙（召喚状）を取り次ぐ宿であるから、他所へ宿泊させぬよう監視の役目も帯びている。いざ差紙が届いたときに、本人がいないのでは責任を問われる旅籠《はたご》だった。

「面倒なことになってなきゃいいが……」

　お寿々の難儀を気づかって、慎吾も顔を曇らせた。

　公事宿に泊まる訴訟当事者のなかには、江戸に縁戚のある者もいる。建前は公事宿以外に泊まることは許されていないが、連絡先さえしっかりしていれば大目にみられていたのが実情である。吉原に泊まる者も少なくない。

　幸右衛門は、初めのうちは堂社詣でや江戸見物で暇な時間を潰していたが、二度目からは費《つい》えもばかにならず、もともとが働き者らしく、大川の石置場や荷揚場の人足に雇ってもらい、朝早くに鈴屋を出て夕餉には戻ってくる日々だったという。

「働き者とはいっても、そこは男だ。人足仲間の付き合いで賭場《とば》に首を突っ込んだってことも考えられないことではない。江戸滞在も長くなれば、岡場所に馴染《なじ》みの女ができたって不思議でもないしな……」

謹厳実直を絵に書いたような男だったので、お寿々には想像も出来ないのだが、慎吾に言われてみると、男とはそういうものかと思うしかなかった。

「帰ってくるでしょうか？」

それでもお寿々は心配を拭いきれない。

「今日一日待ってみることだ。それで連絡も寄越してこないようなら、何かの悶着に巻き込まれたのかもしれない」

「幸吉ちゃんを、なんて慰めてよいものやら……」

今朝、一階の広間で他の客たちと朝餉の膳を囲んでいた幸吉が、食欲もなくしょぼんとしていたのをお寿々は目にしている。

公事宿の食事は客たちが勝手に飯櫃《めしびつ》や汁鍋から碗によそい、給仕はしない仕来《しきた》りである。幸吉は、他の客たちから声をかけられるのが疎《うと》ましいと思ったのか、早々と二階に上がって一人、部屋に閉じこもっていた。

「あの子は十《とお》だそうですよ。体つきが大きいので、平馬様と同じ歳くらいかと思いましたけど……」

お寿々は幸吉から歳を訊き出したらしい。そういえば平馬に比べて随分子供っぽかった昨日の幸吉の様子を慎吾は思い出していた。

「風車を手にしていたな……」

「ええ。縁日で母親に買ってもらった風車だそうですよ。肌身離さず大切にしているようなので、訊いてみたのですけど、よく見ると随分古い風車で……」

「母親は川口にいると言っていたか？」

「それが……家の事情はあまり話したがらないんです」

「何かあるな、あの歳でも家の恥は他人には漏らしたくないのかもしれぬ」

「そうかもしれません」

「幸右衛門の公事とは、出入物《でいりもの》か？」

刑事訴訟を吟味物《ぎんみもの》というのに対し、民事訴訟を出入物という。公事宿が扱う大半がこれで、主に金銭の貸借関係にまつわるものだ。

「ええ。金公事です。川口で金貸し業もやっている質屋の沢田屋《さわだや》庄八《しょうはち》から目安（訴訟）が上がり、御用屋敷で糺《ただし》（審理）が進められて一年近くにもなります」

お寿々は、幸右衛門の介添いとして、御用屋敷に付き添った一件のあらましを慎吾に明かした。

訴人の借用証文には、先代の西田屋幸右衛門の署名がしてあり爪印が押されていたが、先代亡き後、店と幸右衛門の名を継いだ四代目の当代は、爪印は先代のものではなく、代々店に伝わる印判を使うはずだから、根も葉もない借金だと異議を唱えた。

鈴屋の番頭で下代の吉兵衛が返答書（反論書状）を作成し、お白州での対決（口頭弁論）ではお寿々が立ち合っているが、一向に埒《らち》が明かない。

だいいち爪印を確かめようにも、先代は墓の下で骨になっている。

――それじゃ、この借用証文は誰のものだと言うんだい。

と沢田屋は息巻くが、四代目・幸右衛門は借金をするまで店が苦しくなったことはないと反論。それに対して、人には言えない事情があったからだ、旦那衆の賭場に出入りしていたことも聞いているから博打《ばくち》の元手ではないかと沢田屋は食い下がり、双方譲らない。手を焼いた御用屋敷では双方話し合いの上、内済にせよと匙《さじ》を投げるまでに紛糾しているのだという。

初音の馬場に隣接する御用屋敷は、もともと郡代屋敷だったところで、寛政四年（一七九二）に改易されるまで伊那家が代々関八州を治めていた。その本拠地ともいうべき所が川口の赤山だったのだが、いまはその陣屋も幕府の直轄に組み込まれていた。

川口には伊那家と因縁《いんねん》の深い旧家が多い。そんな事情もあってか、御用屋敷では川口在の揉め事にはなるべく容喙《ようかい》しないようなふしもある。

「それで、借金は幾らになっているのだ」

「元金は五百六十両ですが、利子を含めると八百両を超えます」

「そいつぁべらぼうだ。内済に持ち込むにしたって半端じゃ済むまい。まして根も葉もないと思っているならなおさらだ」

「このまま長引けば、利子は嵩《かさ》むいっぽうです。それこそ家屋敷を手放さなければ返済できなくなると、幸右衛門さんは頭をかかえていました」

「訴人の質屋が逗留《とうりゅう》している公事宿は？」

「湊屋《みなとや》さんです」

湊屋は荒川流域から川越の在所にかけてを旦那場としている、馬喰町二丁目の老舗《しにせ》だった。お寿々は湊屋の主人から、一件の内済を持ち込まれているが、当の幸右衛門にその気がまったくないので、とりつく島もない。

慎吾は、一旦、数奇屋橋御門内の南町奉行所に戻った。

月番は北町だったので、ほとんどの者は御用部屋で先月の事務処理に追われていた。

型通りの仕事を済ませて、慎吾が再び鈴屋に顔を出したのは夕まぐれである。

やはり、幸右衛門は戻っていなかった。連絡もないという。

「悶着に巻き込まれたとみたほうがよさそうだ」

慎吾は、その足で幸右衛門が人足の日傭《ひようと》取りに出掛けたという東両国の水戸家の石置場を確かめてこようとお寿々に言った。

「それで、幸吉はどうしている？」

「稽古帰りにお立ち寄りになった平馬様と、柳原土手にザリガニ獲りに行ってます」

「ほお……」

「歳も近いので気があったのでしょう。幸吉ちゃんが、さすがに暇を持て余して裏庭で遊んでいたのに声をかけて……」

「そうか。大人びたふりをしてみせても、やはり子供だな。屋敷では両親の躾が厳しいので、あいつもいい友達が出来たと思ったのだろう。それはそれでよいが……」

「慎吾さま、清六をお供につけましょうか？」

「いや。それには及ばぬ。いざとなったら橋本町の朴斎の手を借りることにするよ」

朴斎は、お寿々の父に生前なにかと世話になって鈴屋に出入りしている願人坊主の元締だった。江戸の路地から路地を唄い囃《はや》して回る彼らは、人探しにはうってつけの戦力になる。

慎吾はお寿々の茶の応対もそこそこに、秋風の吹く表へ出ていった。

裏庭の井戸端で賑やかなはしゃぎ声がするので、お寿々が出てみると、幸吉と平馬が柳原土手沿いの神田川から獲ってきたザリガニで遊んでいた。

女中頭のお梶が、もうすぐ夕餉だから井戸水で足を洗って早く上がってと急き立てている。寂しさを川遊びで紛らわしていたのだろう。お寿々の顔をみると真顔になり、それから泣き出しそうな顔になった。

「父《ちち》ゃんは……？」

「まだ。でも……昨日のお侍様が、いま心当たりを尋ねて下されているから、気を強くもって待っているのよ」

お寿々には、そう言うしか慰めようがなかった。

幸吉は、肩を落として台所口から母屋に入っていった。

「小母《おば》さん……」

背後の平馬の声に振り返ると、

「ご迷惑でなければ、あいつの父親が帰るまで、遊びに立ち寄っても構いませぬか？」

「ええ。そうしてくれると有り難いわ」

「あいつ、ザリガニ獲りの名人なんです。鳶《とんび》の啼《な》き真似もとてもうまくて、わたくしに教えてくれました。武芸の稽古よりよほど面白い。随分な腕白なので、わたくしも教わった剣術を指南してやろうと思っています」

平馬は言って、眩しそうにお寿々を見上げた。

「お優しいのね」

「門限がなければ、叔父上といっしょに、あいつの父親を捜してやりたいのですが。残念です」

「そのお気持ちだけで十分ですよ。慎吾さまにお伝えしたら、さぞお喜びになられることでしょう」

言われて、平馬は少しはにかんでみせた。

「私も早く大人になって、叔父上のような文武両道の達人になりたいのです」

お寿々は思わず微笑をさそわれた。

礼儀正しく一礼して、平馬は庭口から帰っていった。

お寿々は救われた気持ちになった。

平馬の優しさと清々しさに、同じ年頃の慎吾と初めて出会った少女の頃の、甘酸っぱい思い出が蘇《よみがえ》ってきた。

三

利かん気なようでも、やはり父親が戻らないのは相当こたえたようだ。

幸吉は、夕餉の席で同宿の大人たちからあれこれ詮索されるのを避けるように、二階の一室に閉じこもって下りてこようともしない。

さすがにお寿々も放っておけなくなり、おはぎをもって幸吉の部屋に届けた。

多少なりとも話し相手になってやれば、気が紛れるかもしれない。

幸吉は、ぼそぼそとおはぎを食べていたが、お寿々の情けにようやく打ち解けて、問わず語りに話しはじめた。

「おいら……父ゃんに会いにきたんだけど……おっ母さんにはもっと会いたい」

と少し涙ぐんで、衣桁《いこう》に掛かった父親の羽織の襟に差し込んだ風車を見上げた。

「あれは……おっ母さんから善光寺の縁日で買ってもらったやつなんだ」

川口の善光寺は、阿弥陀《あみだ》信仰が盛んな江戸の参詣人で賑わう名刹《めいさつ》である。

西田屋は善光寺御用達《ごようたし》の由緒ある漆問屋だと、吉右衛門から聞いたのをお寿々は思い出した。

「でも……次の日には……おっ母さんの姿はどこにもなかった……」

お寿々は口を挟むことなく、幸吉の語るにまかせて聴き役に回っていた。

「お家《いえ》さんに、いびり出されたんだよ」

幸吉は唇を嚙みしめて、ぽとりと大粒の涙を手の甲に落とした。

お家さんというからには、母の姑《しゅうとめ》にあたる人だろう。祖母とは呼ばせない気位の高い老女をお寿々は想像した。

——幸吉ちゃんが懐《なつ》いている祖母ではなかったんだわ……。

母が失踪し、父の何度目かの江戸出で、幼い少年の心はいたたまれなくなって、家出同然に川口から下る筏に飛び乗ったにちがいない。

「幸吉ちゃんに、ほかに兄弟はいないの？」

お寿々は初めて口を挟んだ。父親の幸右衛門から、詳しい家人の事情までは聞いてはいなかったからだ。

幸吉は、力なく首を縦に振った。

「父ゃんは……おっ母さんを捜し当てたのかなァ」

ぽつんと呟いて、窓の外の夜空を見上げた。

話の様子から察するに、幸右衛門の外出は日傭取りの仕事だけではなさそうだ。

唐突に、お寿々は自分の迂闊《うかつ》に気づいて声をあげた。

「幸吉ちゃんがいなくなって、川口のお家じゃ大騒ぎになってるかもしれない。報せだけでもお届けしないとね」

「大丈夫だよ。おいら、父ゃんのとこへ行くって、置き手紙を残してきたし、おいらがどうなろうと、心配するようなお家さんじゃない。目障りな厄介者がいなくなったって、せいせいしてでんじゃないかな」

老舗の跡取り息子でありながら、冷遇されている少年の環境を思って、お寿々は胸を痛めずにいられない。

もし、幸右衛門が失踪した妻と出会って揉めているのなら、命に関わる悶着に巻きこまれたわけではないかもしれないと、お寿々は微かな希望を抱いた。

「それで、おっ母さんの名前は？」

「きよ、ってんだ」

「おきよさん……」

お寿々は新たな手掛かりを一つ得た思いだった。橋本町の願人坊主の力を頼るにしても、名前がわからないのでは捜しようもない。

おきよの失踪に関しては、幸吉もそれ以上は知らないらしい。嫁姑の確執があったと察せられるが、可愛い一人息子を置いて逐電《ちくでん》するには、他にもっと別の事情があるのではないかと思われた。

「お父っつぁんは、きっとおっ母さんを捜し出して、ここへ戻ってくるに違いないわ……それまで小母さんと花火でも眺めて待っていましょう」

「うん」

話すことで幾分胸のつかえがおりたのか、幸吉の表情にも明るさが戻った。

両国橋の方角から、ヒュルヒュルと音がして、初音の馬場の火《ひ》の見櫓《みやぐら》ごしに大輪の花火が広がり、ドンと腹にこたえる音が轟《とどろ》いてきた。

「わあ」

屈託のない顔で瞳を輝かせる幸吉を、お寿々は抱きしめてやりたい衝動にかられた。

彦三郎との間に子が生まれていれば、ちょうど目の前の幸吉の歳に近くなっていただろう。


「なに？　それはいつのことだ？」

多門慎吾は、東両国の垢離場《こりば》近く、石置場の人足たちが屯《たむろ》する立ち呑み屋で、幸右衛門とおぼしき男が、何者かに連れ出された情報を耳にして気負い立った。

「ゆんべの仕事の切り上げ時でしたかね……」

人足は思い出す目になって、青っ切りの茶碗酒を嘗《な》めてから、

「人相のよくねえ渡世人ふうの男が三人やってきて、矢来際《やらいぎわ》でぼそぼそ話をしてましたっけ。普段、無駄口を叩かず黙々と働く、どうみても人足風体とは思えねえ大店《おおだな》の商人ふうだったんで、生まれ在所が川口だっていうから、俺たちは川口

の若旦那って冷やかし半分に呼んでたんですよ。付き合いの悪い真面目な男でね。酒にも博打の誘いにものってきやがらねえ。それが、次の日から姿を見せなくなっちまったんで、ははん、あいつはもしかして凶状持《きようじようも》ちかも知れねえぞ。仲間割れして江戸に潜りこんでるところを、見つかったに違えねえと、噂をしてたとこでさあ」

その若旦那が西田屋幸右衛門であることに間違いなかった。

「それで連中はどこへ行ったか、見届けた者はいないか？」

立ち呑み屋の人足たちは、一様に首を振った。

「船に乗り込んで、下ったようでしたがね」

隅の人足が伸び上がって、花火の音に負けない大声を張り上げた。

「そっから先は皆目わからねえ」

「船宿の船か？」

「さあ……もう暮れかかってたんで、そこまではどうも……」

結局、手掛かりはそこまでだった。

界隈の船宿を虱潰《しらみつぶ》しに聞き込んでみようとも思ったが、川遊山客《かわゆさん》を乗せて大方は大川に漕ぎ出している時分だった。

明朝出直すことにして、慎吾は橋本町の朴斎の元に向かった。

人海戦術で情報を集めるには、願人坊主たちの手を借りるほかはなかった。お寿々に一報をとも思ったが、悪戯《いたずら》に不安を駆り立てるだけだと思い、もう少し確証を摑んでからにした。幸吉にはなおさら告げることははばかられた。


翌朝、奉行所に出仕した慎吾は、高札場の見廻りと称して、早々と東両国の石置場に向かった。そこで朴斎たちの聞き込みを待つためで、幸右衛門が怪しい三人連れと船に乗り込んだ状況を推理してみるためもあった。

正午を過ぎたころになって、朴斎がやってきた。

「何かわかったか？」

「へえ。確かなことは言えませんが……旦那の言ってた四人組らしいのを乗せた貸し船と、擦れ違ったてえ船宿の船頭がおりやした。小名木川《おなぎがわ》の東から花火見物の客を乗せて大川を目指していたところ、大声で怒鳴り合う男たちの船とすれ違ったんだそうです。船宿の提灯《ちょうちん》もねえし、ぶっそうなやつらだと見送ってたんで憶えてる、ってんですが……なんとも曖昧《あいまい》なもので、申し訳ございやせん」

「なに、それだけでも大した収穫だ。ありがとうよ」

　慎吾は朴斎たちの労をねぎらって、深い推理を巡らしながら秋風に波立つ川面を眺めて佇《たたず》んでいた。

　と、背後の矢来際で女の声がした。

　振り返ると、三十がらみの料理屋の下働きふうの女が、遠慮がちに人足頭に何やら訊ねている。

「それなら、あそこの八丁堀の旦那に聞いてみたほうが早いかもしれねえよ」

　人足頭は、さも仕事の邪魔だと言わんばかりに顎をしゃくっている。

　女はたどたどしい足取りで慎吾に近づいてきた。目には必死の思いが感じられた。

「あの……ここで働いていた、川口の幸右衛門という男をご存じないでしょうか？」

　相手が町役人なので、自然と声が上擦っている。

「おめえさんは……？」

「幸右衛門の妻で、きよと申します」

「なに？」

　慎吾は、突如として現れた幸吉の母を促して、岸辺の茶屋に向かった。

「俺も幸右衛門を捜しているんだ。おめえさん、なぜここを訪ねてきなすった？」

「はい……ゆえあって、嫁ぎ先の家を飛び出してから、本所の小料理屋で下働きをしておりましたが、先日、一つ目橋から両国橋に向かう途中で、石置場で働く人足のなかに、旦那様によく似た姿を見かけました。まさか、石置場で働いているはずはないと思い、日を送りましたけれど、どうにも気になって仕方がありません……それで、他人の空似ではないかと思いつつも、確かめなくてはと心が騒ぎまして……」

「お尋ねの人足は、確かに川口の幸右衛門に間違いねえ」

おきよは、くらっと少し目眩《めまい》を覚えたようだった。

「その様子じゃ、旦那が借用証文の揉め事で、馬喰町の公事宿に来ていることも知らずにいたようだな……」

「……」

おきよは、目をしばたたいて、一瞬目を伏せた。

知らないまでも心当たりはある、といった反応を慎吾は見逃さなかった。

葦簾《よしず》張りの掛茶屋に入った慎吾は、おきよを縁台に座らせてから、茶が出るまでの一時を置いてのち、おもむろに口を開いた。

「その公事宿に、川口から息子が家出してきたよ」

「ええっ、幸吉が……」

おきよは驚きに目をいっぱいに見開いて絶句した。

「可哀相に、幸吉は、父親に会いにきたというより、おめえさんに会いたがってるんじゃねえのかな」

おきよは、胸にせきあげてくる思いに「わっ」と声をあげて両手で顔を覆った。

「そこまで知ったからには、おめえさんも行かずばなるまい。馬喰町三丁目の鈴屋という公事宿だ。そこの女主人は俺の存じよりだ。これから一緒に行くのに異存はなかろうな」

「……」

「どんな込み入った事情があるにせよだ。幸右衛門は一昨日、この石置場から得体の知れない三人組に、船で連れ去られたふしがある……」

「それは……まことでございますか」

「それが、どこかはまだ判らないんで俺も切羽《せっぱ》つまっていたところさ。行きがかり上、俺も鈴屋の女主人も幸吉を放っておくわけにはいかねえ。この際だ、川口の漆問屋の事情を、一応聞かせて貰わねえと、動きようがない」

「は……はい」

おきよは、目尻を拭って、訥々《とつとつ》と話しはじめた。

「借用証文が明るみに出て、質屋で金貸しの沢田屋さんが取り立てにお店にあがりこんできたときのことでございます。先代が亡くなった後で、いきなり署名爪印の証文をみせられて、旦那様は、これは言いがかりの贋証文だと突き返したのでございます」

そこまでは、慎吾もお寿々から聞いた通りの事情である。

「沢田屋さんは川口の代官陣屋に訴訟を起こしましたが、旦那様は証文の爪印は先代のものではないと言い張りましたので、川口善光寺ゆかりの代々の西田屋に有利なお沙汰《さた》を下したのでございます。ところが、これを不服とした沢田屋さんが、江戸訴訟に持ち込み、初音の馬場の御用屋敷のお扱いになったのでございます」

「そこまでは俺も聞いている。だが、なんでお前さんが家を飛び出さざるを得なくなったのか、そこんところが合点がいかねえ」

「それは……」

言いかけて、おきよは言い淀んだ。

「幸吉の命を、守るためでございました……」

言っておきよは泣き崩れた。

四

四代続いた地元の名家といっても、内情は複雑だった。

先代に子はなく、遠縁にあたる新倉の船頭の伜・幸次《こうじ》が養子に迎えられた。当代の幸右衛門である。丁稚《でっち》奉公から始まって、手代、二番番頭になったころ、家督を譲られて四代目となり、幼な馴染《なじ》みのおきよを娶《めと》った。

そして生まれたのが幸吉だった。

隠居した先代は、後顧の憂いがなくなり、人も羨む老入《おい》りという悠々自適の暮らしに入って五年後、時折り通う吉原遊廓の番頭新造《しんぞう》の此松《このまつ》にのぼせあがった。

吉原で年季の開けた二十八の此松に血道をあげた隠居は、後添えに迎えた。

実直に家業を守ってきた先代だったが、相手は一時は仲之町の花魁《おいらん》道中で一世《いっせ》を風靡《ふうび》したこともある遊女である。たちまち下半身から籠絡《ろうらく》されてしまったのだ。

養子に入れた幸次の嫁と、隠居の後妻の此松ことお松は、三歳しか離れていない。姉妹といってもおかしくない嫁姑だった。

隠居したとはいえ、資産と実権はなお先代が握っていたという。

そうした最中に、先代はぽっくり逝《い》ってしまった。

遺産を我が物にしたい後妻は、お家さんとして陰で君臨した。

もとは京の生まれらしく、気位が高い上に、さして歳の違わない嫁の子に祖母呼ばわりされたくはないと、後妻に入ったころに家人にもお家さんと呼ばせていたという。

当然のことに嫁のおきよはいびられる毎日、当主の幸右衛門にしてからが先代の実の子ではないので、義母には遠慮がある。

そんな事情のなかで、莫大な借用証文が明るみに出たのである。

当代の幸右衛門にとって、巨額の返済に応じるのは、家業を乗っ取られるほどの重大事であった。なればこそ、贋証文を受け入れ難く争ってきたのである。

「あたしは、お家さんの苛めに耐えてきました。でも……あの証文の爪印が、お家さんのものではないかと気がついたとき、あたしは脅されたのです。お家さんは先代が存命の頃から、旦那衆の賭場に出入りしていたようなんです。借用証文の署名は先代の筆跡を写したものでしょう。爪印はお家さんのものではないかと思い至ったころ、川口の顔役の赤座《あかざ》の親分から脅かされたんです。このまま西田屋を出ろと。さもなくば幸吉の命は保証しないと……それで、あたしは泣く泣く幸吉を置いて、江戸に出奔《しゆつぽん》したのでございます……」

「幸右衛門には、姑のことは打ち明けなかったのかい……」

「言っても信じてはもらえないでしょう。お家さんは旦那様には、あたしに見せるのとは違う別の顔を持っていました。お店のことを案じ、先代の供養を欠かさず菩提寺《ぼだいじ》に通っていました。明かしたところで……日頃の嫁姑の関係から告げ口にしかとられません……」

「幸右衛門は、先代の後妻に取り込まれていたというんだな……」

「……」

おきよは力なくうなだれていたが、

「それに……爪印がお家さんのものだとしても、確かめてどうなるものでしょう？　しょせんは西田屋の身内が借金したことに変わりはありません……」

「それじゃ、爪印を確かめてはいないんだな？」

「そんなことは……出来ないと思います。西田屋の恥を世間に晒《さら》すようなものですし……旦那様も、半信半疑のまま、お家さんに詰め寄ることなんか……」

「それにしちゃ幸右衛門が内済にも応じず抗弁してるにゃ、ほかに理由《わけ》でもあるのかい？」

「弟の留八《とめはち》が、あたしと結託して借用証文に爪印を捺《お》し、博打の元手を借りたに違いないと、お家さんが凄まじい剣幕で言い張っているからです」

「留八というのは……おめえさんの？」

「はい。新倉河岸で川人足をしていた、たった一人の弟です。時折り川口の筏師が集まる賭場に出入りしていたようですが、あたしをそそのかして借金するような大それた男ではございません。でも、間の悪いことに、先代の借用証文が明るみに出て間もなく、行方知れずとなりました……」

「幸右衛門は贋証文の爪印を、おめえさんの弟のものだと思い込んでいるのか？」

「わかりません……。お家さんの剣幕があまりに烈しいので、確かめずにはいられないと思っていることはたしかです……」

「幸右衛門と留八の仲は……？」

「旦那様は、弟には目をかけて下さいました。自分が果たせなかった筏師の夢を託していたようで……弟も旦那様を慕っておりましたし……」

「幸右衛門も、義理と情けの狭間《はざま》に追い込まれていたわけか……だが、お前さんまで居なくなっちまったんじゃ、そのお家さんとかいう姑の思う壺に嵌《は》まったことになりはしねえかい？」

「あたしには、どうしようもなかったんです。菩提寺の帰りに人相のよくない男たちと一緒のところを、たまたまあたしと行き合って、旦那様に告げ口されると思ったに違いありません。その夜から、赤座の親分の息のかかった人達と思われる遊び人が幸吉とあたしに纏《まと》いつくようになり……」

「姑の賭場出入りを明かすなと、脅かされたんだな」

「……悔しいけれど、幸吉の命を守るためには従わざるを得ません。なにせ相手は御定法の裏で生業している悪党です。私は息子の命だけは守ろうと、お家さんの秘密は胸に封じて、川口を出ました」

「なんということだ」

慎吾は溜息を漏らした。犯罪の予防に公儀は身を乗り出してはくれない。いつの時代も、事が起こってから動き出す。情けないことだが、それは慎吾も認めざるをえない。

息子の命を守るために、義母の秘密を抱え込んだまま出奔したおきよを責めることは出来なかった。

「だが、泣き寝入りはするな。それがわかれば公事にも手の打ちようはあろう。それより、父親が帰らぬまま心もとない日々を送っている幸吉の傍についていてやることだ」

そう言って慎吾は、おきよを伴い両国橋を渡った。

五

慎吾とおきよを迎えたお寿々は、すぐに丁稚の正吉を柳原土手に走らせた。

平馬が、殊勝にも幸吉の気鬱《きうつ》を紛らわしてやるために川遊びに付き合っているのを聞いて、「あいつにしては、なかなかの心映えだ」と感心してみせたが、お寿々のほうは、いきなり母親が現れるやら幸右衛門が連れ去られたやらを聞かされて、いきなり落雷に襲われたような衝撃を受けたようだ。

そのうえ、おきよから西田屋の秘密まで知らされて、頭のなかが混乱している。

ともかくも下代の吉兵衛を呼んで、事の次第を書き取らせた。

おきよの弟の事情も絡んでいるので、一層複雑になっている。

「爪印の当人がはっきりするまでは、返答書の作りようもありませんな……」

吉兵衛は苦い顔をした。

「どちらにしても幸右衛門さんを捜し出さないことには……」

お寿々が、おきよの窶《やつ》れた横顔を気遣いながら言った。

その時だった。

裏庭から正吉とともに、平馬が蒼白な顔で走り込んできた。

「叔父上」

「どうした？」

「幸吉が見当たらないのです！」

「なんだと」

慎吾はじめ一同は色をなした。

「ザリガニ獲りに夢中になっていて……気がついたときには姿がみえませんでした。土手沿いを必死に捜してみましたが、どこにも……」

「幸吉……」

おきよは顔を覆って泣き崩れた。

「わたしに何も言わずに、どこかに行くはずはありません。どうすれば！」

「取り乱すな。おまえは道場に戻って、白樫のくるのを待ち、やつの手の者に行方を捜してもらえ」

「かしこまりました」

平馬は、慌ただしくまた走り去った。

「慎吾さま」

お寿々が不安に凍りついた目で問うた。

「裏が見えてきたようだ……」

探る目になって、慎吾はおきよに向き直った。

「川口の顔役に脅されたと申したな？」

その声にハッと顔をあげたおきよは、

「は……はい」

と身を固くした。

「訴人の質屋と、その顔役の利害は裏で繋がっているとみて間違いない。幸右衛門がどうでも内済に応じないので業《ごう》を煮やした質屋が、顔役に泣きついて一気にけりをつけようとしたとは考えられねえか？」

　おきよは蒼ざめた顔で唇を震わせていた。

「それじゃ……幸吉は、親分さんの手の者に……？」

「幸右衛門を一昨日、石置場から連れ出したのもその手合いだろう……息子と会わせまいとして先手を打ち、拘束したのちに幸吉を勾引《かどわ》かしたのだ」

「それじゃ幸吉ちゃんの命を楯に、無理やり内済の証文に爪印を捺《お》させるためなんですか」

　叫びに似たお寿々の声だった。

「幸吉の置き手紙を見て、性悪な後家が顔役に駆けこんだのだろう。質屋と顔役と後家の思惑は一致して、すぐにも事を起こしたにちがいない。幸吉が鈴屋に来ていると知って、やつらは付けこんだのだ。江戸じゃ誰に勾引かされたか判らねえ。川口じゃそうはいかねえだろうからな」

「なんてこと……」

「まあ、命までは取るまいよ。もっとも幸右衛門が身代より息子を大事に思っていればの話だが……」

「幸吉を見捨てるような、旦那さまではありません」

おきよは絞り出すように悲痛な声をあげた。

「どこぞで……父子は引き合わせられているかもしれぬ……」

慎吾は思案顔のまま、膝横に置いた太刀を引き寄せて立ち上がった。

「慎吾さま、どらら へ」

「ちょいと心当たりを捜してみる。おっつけ白樫がここへ来るだろうから、中川の川番所まで足を運んでくれるよう伝えてくれ」

「はい」

「それと……湊屋に逗留している質屋に清六を張りつかせろ。力づくで内済の証文をせしめようとしているなら、必ず動き出すに違いない。いや……もう手遅れかも知れぬが……」

吉兵衛が、あたふたと部屋を走り出た。

「場合によっちゃ、川口まで足をのばすことになるかもしれぬ。性悪な後家の化けの皮を剝がさねえかぎり、この一件は片づきそうもないようだ」

言って慎吾は部屋を出しなに振り返った。

「俺が帰ってこないうちは、幸吉も幸右衛門も無事だと思っていてくれ」

おきよの号泣を背にして、慎吾は出ていった。

柳橋の船宿から猪牙舟《ちょきぶね》に乗りこんだ慎吾は、小名木川に入り東に向かった。

朴斎が聞き込んできた、怪しい四人組の貸船の水路を辿ったのである。

川口は、新河岸川《しんがしがわ》の物資の船運の中継地である。川越の木材や鋳物《いもの》、野菜類を積んで九十九《つく》曲《も》がりといわれる新河岸川を辿り、新倉の河の口で荒川と合流し、戸田、川口、千住を経て隅田川を下り、浅草花川戸《はなかわど》まで川荷を運ぶ。

だが筏は千住の材木河岸まで運ばれ、その後は水上交通の激しい隅田川を迂回して、中川から深川の木場に向かうのが常だ。

幸右衛門を連れ出したという怪しげな連中が、筏の水路を利用して川口からやってきたのではないかと慎吾は推理していた。

中川から隅田川へは、古くから行徳《ぎょうとく》の塩を運び入れるために、小名木川が開削されていた。川口の顔役の手下が、この川筋のいずれかに幸右衛門を連れ去ったのは明らかだ。

新高橋《しんたかばし》を潜ると、横川が交差している左手の猿江橋の東詰に船番所が見えた。

そのまま東進すると、左右の岸辺に武家屋敷が続いている。

大島橋を左に見ながら田地の目立つあたりにさしかかったが、このあたりの百姓屋に軟禁するのは逆に人目につきそうだ。船込みに紛れて接岸するには、やはり中川まで出るだろう、と猪牙を急がせた。

行く手に、ようやく中川が見えてきた。筏が左から右へと流れていく。水路の関所で知られる『中川の御番所』は河口を出て左手に見えてくるはずだ。そこは東廻りの船便が、銚子《ちょうし》から利根川を辿ってくる荷船を船改めするところでもある。

もともと『入り鉄砲に出女』を防ぐために設置された関所であるから、中乗りを乗せただけの筏は悠然と川番所の前を通過していく。

川口の顔役の手下が、勝手知ったる中川沿いの河岸近いどこぞの小屋で、人目を避けて幸右衛門を軟禁するには都合のいいところだ。ひょっとすると因果《いんが》を含めるために、顔役みずからが出張ってくるかもしれない。

ひんやりとした秋風に鬢《びん》をなびかせながら、慎吾は己の思案が確証に変わっていくのを感じていた。

「いいかげんに腹を据えたらどうでえ」

幸右衛門を石置場から連れ出した三人組の頭株、手鉤《てかぎ》の鬼蔵《おにぞう》という二つ名の痩身のならず者が、裾を捲《まく》ってしゃがみこみながら恫喝《どうかつ》した。幸右衛門は後ろ手に縛られて、柱にくくり付けられ座らされている。

その鼻先に、内済書をヒラヒラさせながら爪印を捺せと強要していた。

「力づくで捺させてもいいんだがな。おめえが納得づくでねえと後が面倒だと親分が言いなさるんで、因果を含めるのが俺の役廻りよ」

「留八は、どこだ！」

幸右衛門は、屈することのない目を剝いて叫んだが、囚われてから一粒の飯も一滴の水も拒んでいたので、その声に力はなかった。

幸右衛門は、一昨日、石置場に現れた連中から、おきよの弟の留八を預かっていると聞かされて貸船で連行されてきたのだった。

小名木川を出ると中川が左右に流れ、対岸は東葛西《ひがしかさい》の新川の河口だった。川番所近くに、船頭たちが一息入れる板小屋が幾つか点在していた。その一つに、幸右衛門は押し込まれたのである。

だが、そこに留八はいなかった。

「どういうことなんだ！」

息巻く幸右衛門を荒々しく縛って、柱にくくり付けたならず者たちは、

「しばらくすりゃあ、わかるさ」

と不敵な笑みを浮かべた。

二夜が過ぎ、三日目になっても留八は現れなかった。

留八を預かっているというのが、連れ出す口実に過ぎないと知った幸右衛門は、連中の真意を量りかねていた。

鬼蔵は川口でよく見かける顔だった。赤座の貸元の威勢を笠に着て町屋に押し借りをする札付きである。

鬼蔵を残して、二人の手下は小屋を出ていた。炙《あぶ》り魚で徳利酒をあおる鬼蔵は、何かを待っているようだったが、

「いつまで、こんなことをしているつもりだ。あたしが戻らないと宿の連中が騒ぎ出す。自身番から御番所の町方の耳に入れば、あんたらも困ることになるんじゃないのかね」

逆に脅されたかたちになって、かっと頭に血が上った鬼蔵は、懐から内済証文を摑み出して凄んでみせたのだった。

「後先《あとさき》になるがな！　これに爪印を捺してもらうぜ！」

そこで初めて、幸右衛門は囚われた真意を知ったのだった。

内済書の金額は空欄になっていた。たとえ殺されようと承服できるものではない。

「おめえも性悪な義弟をもった女房のせいで難儀をするなぁ。ここいらで手を打ったらどうでえ。何も身ぐるみ剝いで店を追い出すってんじゃねえ。貸金の担保に西田屋さえ手放す気になりゃあ、草加《そうか》あたりで煎餅屋《せんべいや》を開く元手ぐれえは残してやろうと、うちの親分が仲裁に乗り出してくれたんだ。ありがたく思いな」

「赤座の親分さんとも思えないごり押しじゃないか。あたしゃ、先代から受け継いだ店を、こんな形で人手に渡してはならない恩義がある……留八を預かっているというからついてきたのに……こんなことをして、あたしを丸めこもうたってそうはいかないよ。御用屋敷できっぱり白黒がつくまでは引き下がるつもりはないと、親分さんにも沢田屋さんにも、そう伝えておくれ」

「強情な野郎だぜ、ったく！」

鬼蔵は忌ま忌ましげに足もとに唾を吐いた。

「こちとらも餓鬼《がき》の遣いじゃねえんだ」

その時、板戸が開いて手下の一人が走り込んできて、鬼蔵にぼそぼそと耳打ちをした。

にやりと残忍な笑みを片頬に浮かべた鬼蔵は、

「待たせたがよ……息子はしっかり俺っちが手に入れたぜ。馬喰町の公事宿に、おめえを尋ねて家出してきたんだ」

「幸吉が……」

「これでわかったろ？　お江戸は怖いところさ。誰に勾引かされたか判らずじまいよ……いい加減性根を据えねえと、このまま神隠しになるな……え？」

幸右衛門は、破れるほどに唇を噛んだ。

幸吉と会わせぬために、軟禁されたのだと思い知らされた。まさか息子が江戸に出てくるなど思いもよらなかった。

「なんて、汚いことを……」

「へっへえ。それで飯を食ってる俺たちの渡世だ。餓鬼を死なせてまで身代を守るかい。ええ？」

「幸吉に会わせてくれ！」

「それはお前の料簡次第だぜ。おとなしく内済の証文に爪印を捺しな。そうすりゃ馬喰町の公事宿に帰してやる。そこで沢田屋さんと御用屋敷に、願いの筋を取り下げる手続きを踏みな。証文どおり弁済が済みゃあ、晴れて父子のご対面だ」

「……」

「それまで、おかしな真似はしねえようにするんだな」

幸右衛門は、がっくりと首を垂れた。

「おれっちにしたところが、餓鬼を害《あや》めて、手が後ろに回るようなことまではしたくねえ。分別のつけどころだぜ……」

鬼蔵は獲物を追い詰めた目になって、喉で笑った。

「わかった……内済の証文には爪印を捺そう。だが、幸吉が手元に戻らないかぎり、弁済には応じない。息子に万一のことがあれば、洗いざらい御番所に訴え出て、吟味物に持ちこむ。それとも、ここであたしを殺すかね」

「おおっと、それじゃ元も子もねえ。餓鬼の命は……俺が保証してやるぜ」

鬼蔵は手下に顎をしゃくって、幸右衛門の縄を解かせた。

幸右衛門は、震える指で内済証文に爪印を捺した。

「それでいい。これで俺の顔も立ったぜ」

六

「お前も面倒なことばかりに首を突っ込まされるな」

白樫寛十郎は、小名木川の中川口にある、川番所の前で落ち合った慎吾の横顔を見ながら苦笑した。

目の前の中川は西日に染められ、対岸の東葛西の田園が夕靄《ゆうもや》に霞《かす》みはじめている。

川番所は御船手先の管轄だが、定町廻りの寛十郎は顔が利く。顔見知りの同心に頼みこんで、付近の板小屋を配下の小者に調べてもらっていた。

寛十郎とは長沼道場の同門で、昔から慎吾とお寿々のもどかしい関係に同情を寄せてくれている。慎吾にはかけがえのない竹馬の友であった。

川番所に来る前、立ち寄った道場で平馬から幸吉の異変を知らされて、馬喰町一帯の自身番に出入りしている岡っ引きたちに、行方を捜させる手配をしてから駆けつけてきた。

「すまないな。お前には、いつも難儀な片棒を担がせる……」

「いまさら水臭いことを言うな。お寿々さんから聞いたところじゃ、ずいぶん込み入ったことになってるようだが、子供の勾引が江戸府内で起こったからには、俺にとっても役目のうちだよ」

月番は北町だが、定町廻りにとって非番の日は別にして、市中の巡回に休みはない。

「俺はちょいと、そのあたりを歩いてくるよ」

思わしい報せがこないので、慎吾はそのまま待つのに焦りを覚えていた。

日暮れるまでには、なんとか四人の足取りを掴みたい。

そう思って、浄光寺のほうに足を向けた。

そこは六阿弥陀巡りの第六番で、彼岸の中日を挟んで七日間、江戸庶民が参詣に訪れるところだった。

その人波から外れて、とぼとぼと歩いてくる人足風体の男がいる。首に手拭いを巻き、いかにも憔悴《しょうすい》した三十半ばの男とすれ違ったとき、慎吾は思わず足を止めた。

暮色の迫るあたりだが、間近で目にした男は目鼻だちが、どこか幸吉に似ている。

慎吾は引き返して肩越しに声をかけた。

「おめえさん……川口の幸右衛門さんじゃねえのかい？」

男は、ぎくりと振り返った。

幸右衛門は、浄光寺の境内で慎吾から鈴屋の慌ただしい三日間を知らされて、終始落ちつかない目を動かしていた。

家出した幸吉が勾引かされた経緯に改めて痛憤をおぼえたが、女房のおきよが鈴屋にいることと、慎吾に明かした出奔の理由《わけ》を聞かされ、ぎゅっと目を閉じた。

「……あたしが馬鹿でした。そんな事情が秘められているのも知らずに、留八が博打の元手に借金をして、おきよをそそのかし、先代の筆跡を真似て借用証文に加担したものと思い込んでいました」

「そんなに女房が信用できなかったのかい」

「いえ……おきよは女房としても母親としても申し分のない女でした。けれど、人一倍弟思いで、気弱な留八が悪い仲間に染まり、賭場で抜き差しならなくなって、魔が差したのだと思っていたのです。借用証文が明るみに出てから留八の姿が見えなくなり……後を追うように、おきよも出奔してしまいましたので。それ見たことかとお家さんに詰め寄られ、公事宿から日傭取りの仕事に出ながら、二人の行方を捜していたのです……留八は生まれついての川人足です、江戸に流れこんでいれば、どこぞの河岸で働いているのではないかと……」

「留八を捜し出して、どうする気だったんだい」

「爪印を確かめるつもりでした。出来心で姉を巻き込んで店を窮地に追い込んだのなら、説き伏せて、御番所に自訴させて……せめて贋証文から身代を守るしかないと……自分の犯した罪を償うだけの理非は、わかってくれるやつだと思っていたのです」

「先代の後家を、疑ってみることはしなかったのか」

「それは……」

幸右衛門は、言いよどんで、またぎゅっと強く目を閉じた。

「嫁姑のこじれの中で、おめえさんも辛い思いをしていたのは察しはつくが、強く出れねえのには他にもわけがあるだろう……」

「……」

「爪印が、義母のものだと判るのが怖かったんじゃないのか？　贋証文が先代の後家の爪印じゃ、どのみち公事には勝てなくなるからな……贋証文だと立証しても、義母は罪人になる。そこまでの踏ん切りがつかないでいたのだろう」

「お家さんが……陰で賭場に出入りしていたとは知りませんでした。まして菩提寺が関係していたなどとは思いもよりません。本当です！　家業に追われるあまり、あたしは世間知らずの大馬鹿者でした……」

　幸右衛門は唇を嚙んで肩を震わせた。

「後妻の毒気に当てられたな……。吉原の遊女すべてが悪女のはずはねえが、手練手管《れんてくだ》で男を相手にしてきた女だ。おめえさんみてえな四角四面の糞真面目な男を言いくるめるのは朝飯前だろうぜ」

「それじゃ、幸吉を勾引かしたのも、お家さんがグルになって……」

「今ごろ気がついたのか、情けないやつだ」

「あたしは……内済の証文に、爪印を捺してしまいました」

「なんだと」

「幸吉の命には、代えられません」

「質屋は鬼の首を取った気になって、湊屋を動かすぞ。そうなりゃ鈴屋も、お前さんを助けたくともどうにもならなくなる！」

「西田屋の身代は、もう諦めます……息子が無事に戻ってくるなら……」

「そんな非道が罷《まか》り通る世の中にしちゃならねえ！」

　慎吾は暮れなずんだ川面の闇に、憤怒の視線を突き刺した。

「これから俺と一緒に川口に行こう」

「えっ……」

「その後家の化けの皮を剝がさねえかぎり、おめえさんたち夫婦は泣き寝入りだ。幸吉だって、まともに帰してもらえるかどうかわかったものではない」

慎吾は白樫の待つ川番所に幸右衛門を急き立てた。

「俺もこのまま、手ぶらじゃ鈴屋に戻れねえんでな」

七

慎吾は寛十郎に委細を話して、川番所の御用船を借り受け、竪川《たてかわ》から隅田川に出ると、花川戸河岸から新河岸川の船便の早船に乗って、川口を目指した。

幸吉の行方が定かではないので、寛十郎は馬喰町の自身番に待機すると言い、その足で御用屋敷の八州廻りに念のため通報しておくと請け合った。

頭上には仲秋の名月間近い月が皓々《こうこう》と輝いている。

船縁に背を凭《もた》せて太刀を抱いたまま瞑目《めいもく》している慎吾の横で、幸右衛門は身も世もなくうなだれていた。

おきよと留八を疑った自分を恥じていた。

贋証文が出てから、爪印の主をあれこれ思い巡らして、お家さんを疑わないわけではなかった。だが、店の奉公人と幸右衛門に見せる顔も振る舞いも、先代の店を守る後家の威厳を崩すものではなかった。

そのお松に、爪印を確かめることなど言い出すことは出来なかった。それに、もと花魁の義母に、仄《ほの》かな思いさえ寄せていたのである。

先代が存命の頃、離れの隠居の間でお松の目が意味ありげに向けられるとき、妻子のある身でありながら、幸右衛門は思わず胸がときめき、顔を逸らすのがやっとだった。

女房のおきよの三つ上でしかない義母は、幸右衛門とは同い年で、先代が亡くなって後家となってからは、三十代の色香がより濃厚になった。

喪が明けてから、お松はそれとなく幸右衛門に色目を遣うようになった。ついにある夜、帳簿を手に離れを訪れたとき、お松に手を引かれて寝間の布団に誘いこまれた。

誘惑に抗しきれない幸右衛門は、夢中で肌を合わせたが、最後の一線で踏み止まった。

「お家さん……あたしには、できません……」

あたふたと母屋に戻ったが、動悸はおさまらない。

ならなかった。
おきよが、怪訝な顔で気遣ったが、その夜、体が触れても女房を抱く気にはな
その日から、お松はおきよに辛くあたることが目に見えて多くなった。
幸吉にもよそよそしい態度をとるようになり、もともと懐いていない幸吉は離
れに顔を出すこともなくなった。それを、
「嫁は孫をけしかけて、あたしをこの家から追い出そうとしているのかね」
と幸右衛門の顔を見るたびに、あからさまな愚痴を零《こぼ》すようになった。
おきよの容貌は十人並以上だったが、垢抜けたお松と比べるとさすがに見劣り
がした。正直者で働き者だった女房に何の不満もなかったが、そこは壮年の男で
ある。ときには下半身が騒いで気持ちが崩れそうになる。
番頭はじめ奉公人たちが離れに呼びつけられるたび、幸右衛門は嫉妬にかられ
たほどだ。そんな亭主の素振りに気がつかない女房ではない。
差し出がましいことは口にしない慎ましいおきよだったが、目には恨めしさを
隠せない。そんな視線が幸右衛門は鬱陶《うっとう》しかった。
ささいなことで嫁姑が揉めると、自然お松の肩を持つような言動になった。
目には見えない夫婦の溝《みぞ》が深まっていた。

そうした矢先に妻は何の前触れもなく失踪した。幸右衛門の気持ちは複雑だった。

「それ見たことか」

とお松に言われ、番頭以下、お家さんの口弁《こうべん》に同調したので、幸右衛門もそれに巻き込まれてしまったと、今は己の不明を恥じるほかはなかった。

――俺は、いったい何を考えていたのだ……。

心の底のどこかで、贋証文の爪印の主が留八で、それに加担したおきよの所業を望んでいたのではなかったか……。行方知れずになった妻が三年して家に戻らぬときは離縁が成立する。そのときは世間体を気にせずお松と夫婦になれる。家つきの後家と当主が夫婦になるのは珍しいことではなかった。

幸右衛門に昏《くら》い野心があったことは否定できない。

――跡取りの幸吉さえ、お家さんに懐いてくれたら……。

老舗の身代を守る義理は果たせる。

幸右衛門は、そう思いこもうとしていたのだ。

「お前のおっ母さんは、弟の悪事に手を貸して、お前を捨てたんだよ」

お松は、事あるごとに幸吉に言い募った。

だが、母を慕う少年の心の奥底にまで付け入ることは出来なかった。

父親の思惑を越えて、息子は家を飛び出した。

「幸吉……父ゃんを許してくれ」

事ここに及んで、自分の優柔不断さを悔やまずにはいられない。

まさかお松が、顔役と組んで、幸吉を勾引かすとは思ってもみなかった。

「着いたぜ」

慎吾が言って、おもむろに体を起こしたとき、朝霧のなかに川口湊の光景が迫ってきた。

川口の渡しを上がると、御成街道《おなりかいどう》が岩槻《いわつき》に向かって伸びている。川口宿を経て右に曲がると善光寺の参道に至る。その表通りに漆問屋の西田屋はあった。

早朝にもかかわらず、まだ開店前の潜り戸を叩いて訪《おとな》うのは、赤座の丑五郎《うしごろう》に従ってきた若い者だった。手代が眠そうな目をこすりながら顔を出すと、

「親分さんが、たっての用でお家さんに知らせてえことがあって、早朝にもかかわらず足を運んできなすった。そう伝えてくんな」

言ったのは丑五郎の供をしてきた手鉤の鬼蔵だった。

「しばらくお待ちを」

朝っぱらから強面《こわもて》の客を迎えて、手代は怯えた顔を引っ込めた。

当主が江戸へ出てから、このところ頻繁に後家を訪れている丑五郎だった。西田屋と沢田屋の悶着に仲裁の労をとるという名目で、お為《ため》ごかしに顔を出すのだが、こんな早朝にやってくるのは初めてのことだった。

心なしか丑五郎の顔は興奮ぎみである。

昨夜、深更になって江戸から舞い戻った鬼蔵の首尾を聞いて、矢も楯もたまらなくなったという顔をしている。

手代が戻ってきて、「どうぞ」と招くと、鬼蔵と若い者を店の前に残して丑五郎は潜り戸に入った。

離れで、浴衣に夏物の羽織に袖を通さずに粋に羽織ったお松が、寝起きの顔で迎えた。

「まあ、なんですねえ、朝っぱらから」

化粧気のない顔だったが、三十代の脂の乗り切った顔は、胸元の肌とともに男心をくすぐるに十分だ。

「万事うまくいったぜ」

丑五郎は差し出された座布団に座るやいなや、紅潮した顔でお松を見て薄い笑いを浮かべた。

茶をいれる白磁のようなお松の手を取って、懐に抱きこんだ。

お松は抵抗するでもなく、すんなりと抱かれたが、男の手が襟に入ってくると、やんわりと、それを止めた。

「江戸の首尾を教えてやりたくてなァ……夜が明けるのがもどかしかったぜ」

「それじゃ」

「ああ、おめえの筋書き通りさ。幸右衛門は内済証文に爪印を捺したぜ。これで西田屋は沢田屋のもんになる。裏で動いた俺には三百両がとこが転がり込んでくる勘定だ……おめえも、女にしとくには勿体《もったい》ねえ悪《わる》だなァ……」

「ちょいと親分さん。あたしの二百両を忘れてもらっちゃ困りますよ。沢田屋さんは濡れ手に粟《あわ》で、元手なしで四代続いた善光寺御用達の漆問屋をそっくり手に入れるんだ。もう少し上乗せしてくれるように掛け合ってくれませんか」

「ふふん。てえした女だなあ。先代に隠れて旦那盆で負けこんで、俺に金を貸してくれと泣きついてきたときァ、こりゃ観音様が鴨《かも》になるかと鼻の下も褌《ふんどし》も弛んだものだが……返しきれねえほど借りまくった挙げ句に、そっくり沢田屋に肩代わりさせた。そんときの借用証文に先代の筆跡を写し書きして、さすがに爪印だけは自分で捺したが、俺ァ、沢田屋の妾になるつもりかと悔しい思いをしたもんだった」

「お生憎《あいにく》さま。あたしゃ、そんなに安っぽかないよ」

「それがよ。その借用証文で西田屋の身代を譲るから分け前をくれと沢田屋に持ちかけたってんだから、それを聞いて、さすがの俺も舌を巻いたぜ」

「ここだけの話にしておくれよ」

「お誂《あつら》え向きに先代はぽっくり逝くしよ。おめえいったい、どんな手妻《てづま》を使ったんだい」

「やたらなことを言うもんじゃない。お蔭で親分も尻馬に乗っかれたんじゃないか」

「俺ァ、おめえの尻に乗っかりてえよ」

と豊満な尻をさするのへ、お松はさり気なく手の甲をつねった。

「すべて済むまで、お預けだよ。あれで四代目は、なかなかの知恵者だからね。分け前をこの手に握るまでは安心できない」

「なに、野郎からは内済証文に爪印を捺させたって、鬼蔵から聞いたばかりだ。

あとは沢田屋がうまくやるだろう」

「幸吉は……?」

「すべてが済んだら幸右衛門に返《けえ》してやるさ。おめえの睨《にら》んだ通り、野郎は身代より伜の命を選んだぜ。まあ、後腐れがねえように、涙金ぐれえは渡してやらねえとな。それで俺たちと縁が切れるのなら、西田屋に養子に入ったのが身の因果だと、諦めてくれるだろうよ」

「あたしのことは、ばれちゃいないんだろうね」

「その心配はねえだろう。爪印は留八のものだと、おめえが焚《た》きつけた通りに思いこんでるようだし、女房も俺が因果を含めて追い出したんだしな。それに野郎はおめえに気があるんだろ。わかったところで縄付きにはしねえさ。まったく、よく巡る頭だなァ。非の打ち所がねえたァこのことだ」

お松は、おもむろに丑五郎の体を外して半身を起こし、襦袢《じゅばん》の襟を掻きあわせた。

「あたしゃ、今日にも菩提寺の奥に匿《かくま》ってもらうよ。親分さん、すまないけれど先に行って話をつけておくれでないか。身支度を済ませたら、あたしも駕籠《かご》で乗り着けるから」

「おい。急にどうしたというんでえ」

「幸右衛門が、ここへ戻ってくるような気がするんだ」

「まさか……あいつは今、それどころじゃねえだろう」

「女の直感さ。あの男……あたしの誘いにも最後は陥ちなかった……幸吉が戻らない限り表立って騒ぐことはないだろうけど、身代を失う前に、あたしに確かめにくるかもしれない」

丑五郎は、さもおかしそうに喉で笑った。

「そりゃ取り越し苦労ってやつだろうぜ」

だがお松は真顔で立ち上がり、衣装簞笥《だんす》に向かって抽出しから着物を選びはじめている。

その時だった。

「牝狐《めすぎつね》……とうとう本性を現したな」

母屋との間の内庭の石灯籠《いしどうろう》の陰から、低く重い声がした。

八

「誰でえ！」

丑五郎は咄嗟《とっさ》に庭に向き直って、懐から匕首《あいくち》を摑み出して構えた。

石灯籠の陰から、多門慎吾が現れた。

一見して江戸の町方であるのが判る。

「な、なにしに来やがった！　ここはお江戸の朱引の外だぞ！」

丑五郎は匕首を抜いた。

「曲がりなりにも、俺は八州さまの道案内を預かる十手持ちだ。とっとと領分に帰りやがれっ！」

「おう。善光寺土産《みやげ》を持参してな」

その背後から、幸右衛門が飛び出した。

「お家さん……なんてことをしてくれたんです」

幸右衛門の顔は、悲痛な涙で歪んでいた。

慎吾と幸右衛門は、店先の鬼蔵たち見張りを目にして、裏口から離れの庭に忍びこんできた。

そこでお松と丑五郎の秘密の語らいの一端を耳にしたのである。

お松は、けたたましく笑った。

「騙されたのは自分のせいじゃないか」

その声が終わらぬうちに、丑五郎は慎吾に切りかかってきた。

十分な間合いに入るまで、慎吾は待ち構えていたが、一足一刀に丑五郎が入ったとき、腰の太刀を一閃させて、肩口から腕を斬り落とした。

「ぎゃあっ！」

早朝の静寂を切り裂く丑五郎の絶叫を聞いて、見張りの二人が走りこんできた。

「親分っ！」

肩口を押さえて庭砂利で悶え転がる丑五郎を見て、二人は匕首を抜きつれた。

町同心に庇《かば》われている背後の幸右衛門の姿に、鬼蔵は目を疑った。

「なっ……なんでおめえが、ここに……」

「鬼蔵っ！　構うこたあねえ、二人とも……ぶった斬れっ」

丑五郎は膝立ちしながら喚《わめ》いた。

二人して慎吾に襲いかかる。慎吾は若い者の匕首をかわして毛脛《けずね》を強《したた》かに蹴り、足払いで転がしてから、鬼蔵の手首を匕首ごと切り落とした。

「てめえっ！」

振り向きざまに鬼蔵のもう一方の袖が襲ってきた。袖口から義手の鉤爪《かぎづめ》が慎吾の鼻先を掠《かす》めたが、拳を鳩尾《みぞおち》深く突きこまれ、血反吐《ちへど》を吐いて崩れた。

「歩けるなら仲間を呼んで来い。親分を取り返したくば、総出でかかってくるんだな。騒いでもらったほうが、こっちには好都合だ」

庭砂利で悶絶する三人を睨み回して、慎吾は太刀に血振りをくれた。

逃げを打つお松に、幸右衛門が飛び掛かった。

「お家さん！　幸吉はどこなんです」

お松は幸右衛門を抱きしめて、目に溢れる涙で哀願した。

「知らない……あたしは、赤座の親分と沢田屋さんに、そそのかされただけなんだ……信じて」

幸右衛門は悲痛に顔を振り続けた。

「もう、騙されません……幸吉はどこなんです」

「あたしゃ知らないよう！　本当に知らないんだよう」

しがみつきながら、お松は泣き喚いた。

騒ぎを聞きつけて、母屋から奉公人たちが恐る恐る顔を出してきた。

「だ……旦那様」

番頭とおぼしき男が素《す》っ頓狂《とんきょう》な声をあげた。

「幸右衛門、ともかく代官陣屋に店の者を走らせろ。そこに転がってる野郎を締め上げれば、幸吉の行方は知れる」

慎吾の視線を受けて、お松は観念したように膝から崩れおちた。


「お断りいたします！」

お寿々は、早朝に鈴屋を訪ねてきた、作次《さくじ》と名乗る公事師の申し出をキッパリと断った。下代部屋には吉兵衛も付き添っていた。

作次は湊屋の下代の意向を受けて、柳橋の料理屋で内済の手打ちを持ちかけてきたのだが、湊屋から聞いていたのとは様子が違うので、初めの内は面食らっていた。

「西田屋さんとは下話が済んで、内済書にはもう爪印まで貰っているってことでしたがね。後は双方の公事宿立会いで、御用屋敷への届けをすませるだけだって。西田屋さんも鈴屋で、そのつもりで待っていなさると、そういう事でしたが……」

ところが、お寿々は西田屋は不在だから応じられないという。作次は、居留守を使って鈴屋が内済に応じる幸右衛門に何か知恵をつけているな、と勘繰っていた。

内済は双方の公事宿立会いのもとで然るべき書類を作成し、届け出を出さなくては役所に受理されない。

湊屋では、込み入った事情を知っているから、表立って訴人の『腰押しがましき事』を避けるため、大事を取って公事師を差し向けたのだった。

「そりゃ、ずいぶん話が違うなァ。湊屋さんでは沢田屋さんから内済証文を預かってるてえことですし、今になって応じられないてんじゃ、あたしも使いになりません。お寿々さんか吉兵衛さんが西田屋の代人として、立ち会ってくれませんか。それじゃねえと、あたしも戻るに戻れねえ」

作次が食い下がったので押し問答が続いていたのだが、お寿々は応じる気はなかった。第一、幸右衛門当人は戻っていないし、捜しに出掛けた慎吾も帰らぬままだ。

昨夜、寛十郎から慎吾たちが川口に向かったと知らされて、おきよと二人、不安で眠れぬ夜を過ごしたお寿々である。

沢田屋の陰で蠢《うごめ》く汚い連中の動きを知っているだけに、公事師の誘いには断固として乗せられるわけにはいかない。

公事師がどこまで関わっているのか……。幸吉の身を楯にいつ強請《ゆすり》がましい事をねじ込んでくるのか、お寿々はそのことだけが気がかりだった。

「べつに西田屋さんを隠しだてしているわけじゃない」

吉兵衛がお寿々に助け船を出した。

「お疑いなら、二階を見てもらってもいいんだよ。西田屋さんは本当に不在なんだ。いくら下代が代行を任されているからって、本人に確かめないうちはどうにもならない。西田屋さんが戻ったら一緒に出向きましょう。そう湊屋さんに伝えて下さいな」

そこまで言われて、作次もようやく引き下がった。

「わかりました。伝えやしょう。けど、鈴屋さん、そちらが腰押しがましきことを企んでいるんなら、株仲間で問題になりやすぜ。あんまり事をこじらせねえことだ」

自分のことは棚にあげて、せめて捨て台詞《ぜりふ》のひとつも言わないと収まりがつかないといったふうに、お寿々を睨み付けて作次はようやく帰っていった。

「女将《おかみ》さん……」

どうなることかと胸も潰れる思いで、廊下で聞き耳をたてていたおきよが、後ろから声をかけた。

「幸吉は、いったいどうなるのでしょう？」

手には、幸吉が残していった古ぼけた風車をきつく握りしめている。

「内済が成立しない限り、危害を加えることはないと思うしかありません。幾ら悪党でも、お金にならない人殺しはしないはずです。気を強く持って」

そう慰めながら、お寿々も自分自身に言い聞かせていた。

――慎吾さま……！

祈るような気持ちで、お寿々は心のなかで手を合わせた。

そこへ、裏庭口から平馬が息せききって走りこんできた。

「小母さん！」

その目に、ある種の期待をこめた輝きがあった。

「白樫さまからの言伝てです。湊屋に宿泊している川口の沢田屋とかいう質屋が、時折り浅草に出掛けているそうで、もしかすると、そこに幸吉が押し込まれているやもしれぬと！」

「ほんとう?!」

慎吾に言われて湊屋に張りつかせた清六の代わりに、寛十郎の手先の岡っ引きが沢田屋の動向を窺っていた。

浅草の花川戸近くまで尾行したというのだが、その先は路地でまかれて確かな行き先まではつきとめてはいないという。

「今度、動いたら見失うことはせぬと、白樫様みずから湊屋近くに待機しておられます！　わたくしも足手まといにならぬよう、お手伝いができればと思います！　幸吉を守れなかったのは、わたくしのせいです。武士として……恥ずかしい」

一礼して戻ろうとする平馬に、おきよが声をかけた。

「もし、お待ち下さいませ。もしかすると……そこは、沢田屋さんの江戸の出店かもしれません」

「おきよさんは、その場所をご存じなんですか？」

「いえ……浅草のどこかとしかわかりませんけれど、もし、花川戸に、その名の質屋があれば……」

「平馬さま、このこと白樫様にお伝えして」

「かしこまりました」

平馬が走り出した後で、お寿々はきりっと帯を締め直した。

「おきよさん、あたしたちも参りましょう。少しでも幸吉ちゃんの傍近くに。さっきの公事師から経緯を聞いて、沢田屋が動くかもしれません」

おきよは唇を引き締めて力強く頷いた。子を守る母の顔であった。

九

時の鐘が間近に聞こえていた。

だがそれが浅草観音の鐘だとは幸吉にはわからない。

ここは花川戸の表通りから、入り組んだ路地の奥まったところにある土蔵の中だった。

高窓から、夜になると打ちあがる花火の光の仄明かりが空に広がるので、大川のどこかであるのだけはわかった。

幸吉は神田川の土手で不意に背後から口を塞がれ、強かに当て身をくらわされて昏倒した。気がついたときは、この蔵のなかだった。

母親と同じ歳恰好の、芸者のような女が、飯を運んできて、

「おとなしくしてりゃ、猿ぐつわと手首の縄は解いてやるよ。なにほんの数日の間の辛抱だ。坊は、ちゃんとお父っつぁんのところに返してもらえる。でも騒ぎ

たてると、あたしも手荒なことをしなきゃならない。いいね。聞き分けるんだよ」

　そう言って頭を撫でられた。

　悪い女ではなさそうだったが、自分が父親を脅すために勾引かされたのは子供心にもわかった。

　――ちきしょう！

　と思ったが、おとなしく女の言葉に頷いた。

　身動きできないようにされては、逃げ出すこともできない。女は鉄環の足枷《あしかせ》を足首にかけて、長い鎖を質棚の枠に巻き付け、南京錠をかけて出ていった。

　握り飯と汁椀が二揃いあるのが奇妙だったが、一日二食で、ここに閉じ込められるのかと淋しくなった。

　そのとき、ごそっと背後で物音がして、質草の戸棚の奥から芋虫《いもむし》のような男が這い出してきたときには、肝《きも》を潰さんばかりに驚いた。

　髪は伸び放題の蓬髪《ほうはつ》で、干からびた顔の目は生気がなく、頬の肉はげっそりと落ちて、立ち上がる力もないようだった。よくみると足枷が嵌められていた。

　さすがの幸吉も竦《すく》みあがって、恐怖に後退さった。

芋虫男は幸吉をじいっと見ていたが、

「おめえ……幸吉じゃ……ねえか」

と言われたときには、心の臓が喉から飛び出しそうになった。

「俺だよ……留八だよ……」

「叔父さん……？」

「わからねえのも無理はねえか……こんなになっちまったんだからなァ……」

まったく別人のように変わり果てた母の弟の姿だが、その力ない声には聞き覚えがあった。

「……いったい、どうなっちまってんだ」

幸吉はおずおずとだが近寄って、痩せ衰えた留八の体を支え起こした。

留八は、川口の筏師になりたくて『あば』と呼ばれる木材を束ねる河岸で見習いをしているとき、不意に得体の知れないならず者に拉致され、この土蔵に押し込まれた。なぜ、こうなったか理由を告げられぬまま、軟禁されて廃人同様になっていたのである。

握り飯と汁椀の二揃えのひとつは、留八のものだったのだ。

幸吉の話から、理不尽に監禁された自分の状況を、おぼろげながら思い至った留八は、わななく拳を握りしめた。

「沢田屋と赤座の親分に嵌められたんだ。姉ちゃんまで……ちきしょう！」

留八の萎えた体が怒りで震えた。

「いいか、この質蔵には刀剣類の刃物があるはずだ。それで鎖を切れ。沢田屋の妾が飯を運んでくるときに、お前はここを逃げ出して自身番に駆け込むんだ。俺は見ての通りだから、足は萎えて一緒に逃げ出すことはできねえが、お前を逃がす間、しがみついても時をかせぐぐれえのことは出来る」

幸吉は言われた通りに質棚から刀剣類を探し出して、黙々と鎖に刃を引いてきたのだった。


沢田屋は案の定、動いた。

「話が違うじゃないか」

鬼蔵の手下から内済の爪証文を受け取った沢田屋は、もつれにもつれた西田屋の乗っ取りに気を良くしていたが、鈴屋が頑として手打ちに応じないと聞かされて焦った。鈴屋に戻っているはずの西田屋の姿は見当たらないという。

「幸右衛門は、どこに行ったんだ」

鈴屋に町方同心が出入りしていると聞いていたので、人質の幸吉を奪い返されたのではないかと、居ても立ってもいられなくなった。

そして、江戸の支店とは名ばかりの、花川戸の妾宅に向かった。

寛十郎は、抜かりなく後をつけたが、またしても入り組む路地に消えた沢田屋を見失った。

だが寛十郎は、平馬がもたらしたおきよの通報を手掛かりに、花川戸一帯の自身番に土地の岡っ引きを集めると、それらしい質屋を絞りこませた。

川人足相手の曖昧宿《あいまいやど》が迷路のように入り組む外れに、その質屋はあった。

気が気ではなく駆けつけたお寿々とおきよは、近くの自身番に待機した。

土地の岡っ引きの話から、その質屋は目立った商いをするでもなく、妾ふうの女主人が川人足相手の日なし金を貸しており、時折り旦那が通ってくるという。

ほかに家人のいる様子はなく、賄《まかな》い女と掃除の老爺が朝夕通ってくる程度だという。

寛十郎は質屋の玄関口を路地角から窺った。

湊屋から沢田屋とともについてきたヤクザ風の男が一人、見張りに立っている。

黒板塀のなかに土蔵の屋根が見える。寛十郎は、土地の岡っ引きを裏庭口に回らせて、馬喰町から連れてきた手先の三人を従え、踏み込む機会を窺った。

なかに川口の顔役の息のかかった、ならず者たちがいることも考えられる。

「お前たちは、あの目障りな見張り野郎を自身番にしょっ引け。中に踏み込むのは俺一人で十分だ」


庭木戸に回った岡っ引きについていった平馬は、肩車をしてもらって黒塀の武者返しの柵を越え見越しの松に飛び移ると、身軽に庭に下りたって庭木戸の閂《かんぬき》を外した。

そのまま蔵の裏手に廻り込み、指笛を鳴らした。

幸吉に教わった鳶の啼き真似だが、うまく鳴らなかった。

それが却《かえ》って、中の幸吉の注意を引きつけることになった。

――下手くそだなァ。鳶の啼き声はこうするんだ。

と言わんばかりに、蔵のなかから見事なピ――ヒョロロ……が返ってきた。

――幸吉は蔵の中だ……！

母屋で激しい物音と怒声が起こったのはその時だ。

「じたばたするねえ！　神妙にいたせ！」

白樫寛十郎の声だった。

女の悲鳴が聞こえ、沢田屋とおぼしき男の声が聞こえた。

「なにかのお間違いでございましょう！　ここにはお尋ねの子供などおりません」

その声を背にして、ならず者が一人、凄まじい勢いで庭に飛び下りてきた。

平馬は、勇気を奮い起こして腰の木刀を抜き放ちながら、質蔵の正面に飛び出していた。

「なんだ、おめえは。餓鬼の出る幕じゃねえ、どきやがれっ！」

と匕首を抜いて鞘を投げつけてきた。

庭木戸から岡っ引きたちが走り込んでくる。

「坊っちゃん、どいていなせえ！」

振り向いたならず者は、舌打ちしながら匕首で空を切りながら追い散らすと、すかさず横っ跳びして平馬の片手を摑み込み、引き寄せて後ろ手に捩じりあげた。

「手向かいしやがると餓鬼の命はねえぞ」

平馬は暴れたが、喧嘩慣れした大人の力には敵うべくもない。

「くっ、くそっ……！」

そこへ、母屋から捕縛した沢田屋を突き出しながら寛十郎が現れた。

「平馬」

「わたくしにかまわず蔵の中へ！　幸吉がいます」

「てめえっ」

首にかかったならず者の匕首が、平馬の喉を掻き切ろうとした、まさにその瞬間、疾風のような人影が闖っ引きの背後から飛び込んで、十手の先を男の眉間に突き入れた。

「ぐあっ」

ならず者は一瞬白目を剝いて、背後に吹っ飛んだ。

土蔵の扉に後頭部を強かに打ち、そのままずるずると崩れた。

「慎吾」

寛十郎の声があがった。

「どうやら、間にあったようだな……」

慎吾の背後から、幸右衛門がよろけながら走りこんできた。

十

笛太鼓の囃子《はやし》が流れる深川八幡の祭礼の日、立ち並ぶ大幟《おおのぼり》の参道の人込みのなかに幸右衛門親子三人の姿があった。

幸吉の両手は、しっかり父母の手を握りしめていた。

その後ろ姿を見守るように、お寿々が慎吾に寄り添うように歩いている。少し離れて、遠慮がちについてくる平馬の姿もあった。

幸吉勾引の一件で、小伝馬町《こでんまちょう》の牢屋敷送りになった沢田屋の吟味が続いている。その間、白州に出頭する幸右衛門の差添役として、お寿々も奉行所に立ち会う日々が続いていた。

出入物から吟味物に発展して、鈴屋も何かと忙しくなったが、これで西田屋の身代は守られた。

「こう言っては何だが……幸吉の家出のお蔭で、万事がうまくおさまったわけだ」

慎吾が言うと、お寿々が微苦笑で応じた。

「でも、一時はどうなることかと肝を潰しました。それに、幸吉ちゃんが無事に戻ったあとでも、おきよさんは苦しんでいたんです」

　お寿々は、幸吉と再会できた喜びと、亭主の不義の狭間で揺れるおきよの苦衷《くちゅう》を明かされて、事が解決したわけではないのだと胸を痛めていた。

「お松との関係を、女房としては許す気にはなれなかったのだろう……おきよが出奔したのは幸吉の命を守るためもあったろうが、いざ一件が落着しても、夫婦仲の冷えきった家に戻るのは辛いことだろうからな……」

　慎吾にとっても気掛かりなことだった。

「ええ。でも幸右衛門さんは一切合切《いっさいがっさい》を打ち明け、操の最後の一線だけは越えることはなかった、二度と莫迦《ばか》な気は起こさない、許してくれと、手をついて謝られ……」

「おきよも、亭主の心が離れていないことを知ったわけか……」

「なんにしても、ようございました。幸吉ちゃんが、鎹《かすがい》の役目を見事に果したようなものですね」

「うむ……」

　その幸吉は、参道の風車の店の前で両親とともに立ち止まっていた。

　新しい風車を買っていこうと母親に言われているらしい。

「おいらもう、風車なんかいらない。その代わり、時々江戸に遊びにこさせておくれよ。平馬さんから、剣術《やっとう》をおそわるんだ」

大人びた幸吉の声が聞こえてくる。

今夜の仲秋の名月は、さぞ賑やかな月見になるだろうと、お寿々は思わず澄みきった秋の空を見上げていた。

第三話　紅い涙

一

「まあ！　いったい、どうなすったのです?!」

時雨《しぐれ》にすっかり濡れて鈴屋の暖簾《のれん》を潜ってきた多門慎吾《おかどしんご》を迎えて、お寿々は思わず玄関の土間に足袋裸足《たびはだし》で駆け降りていった。

ぐっしょり濡れた羽織を脱ぐ慎吾の額から、雨が目に流れこんでいる。

お寿々は、お梶が差し出した手拭いを、そっと額に当ててやりながら、

「これじゃ袷《あわせ》の下まで雨が……」

と言いかけてハッと息をのんだ。

慎吾の袷の片方の袖が千切れていた。

「俺のことより、外の若侍を介抱してやってくれ」

お寿々から手拭いを受け取った慎吾が、暖簾の外を振り返る。

駕籠《かご》かき二人の肩に支えられて、これもびしょ濡れの旅装の若侍が担ぎ込まれてきた。

肩口に袷の袖がきつく結ばれている。慎吾が応急の処置をしたものと思われるが、そこから雨とともに血が滲み出していた。

「二階は空いているか」

「は、はい」

「とりあえず、そこに運びこもう」

番頭の吉兵衛と手代の清六が、下代部屋から飛び出してきて、手負いの若侍の体を引き受けた。

奥から、のっそり出てきたお亀に、急いで二階の空き部屋に布団を延《の》べるように言い付けたお寿々は、丁稚《でっち》の正吉に町医者の玄順《げんじゅん》を呼んでくるように急かせた。

駕籠かきに駄賃を弾んで帰した慎吾に、

「ともかくお召しかえを。風邪でもひいたら大変です」

とお寿々は奥の部屋へ走り込んだ。

慎吾は、そのまま担ぎこまれた若侍の後を追って階段を登っていく。

「とんでもねえ節句になったものだ……」


晩秋の旧暦九月九日は重陽《ちょうよう》の節句である。

慎吾は朝から時雨もよいの空を見上げて、外出も億劫《おっくう》になったが、

「御本家と実家に、つつがなくご挨拶をしてきなされ」

と義母の多貴に言われ、進物を持つ中間の忠助《ちゅうすけ》を伴い、背中を押されるようにして八丁堀の組屋敷を出た。

菊の節句であるが、奉公人を別にすれば義母と二人暮らし、いまさら二人で菊酒でもあるまいと、多貴は朝餉《あさげ》をすませて早々に他出した。

敷地内を貸している儒者の内儀と、連れ立って浅草観音に菊供養に出掛けたのである。それはそれで堅苦しい義母の相手をせずに済んだのだが、

「御本家は元禄《げんろく》以来の情けある武士の鑑《かがみ》。当家が、この組屋敷で一目置かれておりますのも、その御遺徳のお蔭です。ご精勤を怠らなければ上つ方《がた》からお引き立てもある分家でございますよ」

と義母のいつもの口癖で念を押され、朝から気の重い慎吾ではあった。

本家は、元禄赤穂《あこう》事件で即日切腹が下された浅野内匠頭《あさののたくみのかみ》の処断に立ち会い、庭

先の切腹に異を唱えて柳沢吉保《やなぎさわよしやす》に噛みついた目付、多門伝八郎《でんぱちろう》の嫡流である。

この一件で多門家は、赤穂贔屓《びいき》の江戸っ子をはじめ武家の間でも一目おかれる家門となっていた。

その分家に婿養子に迎えられて、慎吾も誉《ほま》れに思ったものだった。

桜田御用屋敷内に住まう当主に挨拶に伺い、菊酒を振る舞われてのち、神田橋御門外の勘定奉行所に近い二合半坂《にごうはんざか》の勘定衆組屋敷の実家を訪れ、久しぶりに実兄の倉田平四郎と菊酒を酌み交わして辞去した帰り、時雨に見舞われた。

祝い酒であるからと、飲みつけない酒に付き合わされ、ほろ酔い機嫌で傘を忘れてきたのに気がついたが、もう遅かった。

中間の忠助は一足先に帰していた。重陽の節句には学問や武芸の師匠にも、改めて挨拶に訪れるのが仕来《しきた》りであったので、その進物を取りにゆかせ、馬喰町の鈴屋で落ち合うことにしたのである。師の長沼一鉄の道場は、馬喰町の裏手の橋本町にあった。

護寺院《ごじいん》の原に沿って、羽織を頭から被って帰路を急いでいるときに、肩口を押さえて逃げてくる若侍と出くわした。

背後から抜刀した四、五人の武士が追ってきたが、慎吾の身形《みなり》をみて咄嗟《とっさ》に引き返していった。いずれも雨合羽《あまがっぱ》に笠という出で立ちで、名のある武家の家来かと思われたが、町方役人に素性を明かすのを避けたものとみえる。

旅装の若侍は、慎吾の目の前で転び、海老《えび》が跳ねるように悶絶した。

「おい、しっかりしろ」

抱き起こしたときは、すでに血の気が失せていた若侍は、慎吾を町同心と見て、

「なにとぞ……ご内分に……願います」

と声を絞り出してのち、昏倒したのである。

肩口から夥《おびただ》しい血が流れ出していた。

慎吾は袷の袖を千切って応急の血止めをすると、通りかかった辻駕籠を拾い、馬喰町まで運ばせてきたのである。

鈴屋の二階で、若侍の濡れた着衣を脱がせた吉兵衛と清六は、全身を拭いて襦《じゅ》袢《ばん》を着替えさせ布団に横たえてやった。

正吉とともに駆けつけた町医者の玄順が処置にあたったが、若侍の意識は戻らぬままである。

「いま少し応急の処置が遅ければ、命を落としていたでしょう」

玄順は、着替えをすませた慎吾に、「今夜が峠かもしれません」と声を落として首を振った。

当座の薬湯を調合し、金創《きんそう》の軟膏《なんこう》を置いて出て行く玄順を見送って、戻ってきたお寿々は、寝かしつけられている若侍の顔を改めて見て、

「どこかで……お会いしたような……」

と、枕元に座りながら呟いた。

「お嬢さんも、そう思いますか？」

と吉兵衛が呟く。

「それじゃ、以前に鈴屋に泊まったことのある男かい？」

慎吾が言うのに、お寿々も吉兵衛も記憶を探る目になった。

昏睡している若侍は、長旅のせいか極度の疲弊ゆえか、頬はそげ痩せ衰えている。お寿々たちがすぐに思い出せないのは、その窶《やつ》れのためかもしれない。

「あ……？」

お寿々が、ようやく思い当たったらしく短い声をあげた。

「去年の秋に……最上屋《もがみや》さんから回していただいた、あの二人連れじゃなかった

かしら……」

　と吉兵衛に目をやった。

「ああ……あの時の……そうかも知れません。いや、間違いないでしょう」

　宿帳を確かめてくると言って、吉兵衛は座を立った。

　お寿々は、記憶を辿りながら、思い出せる限りのことを慎吾に話した。

「あれはたしか……出羽《でわ》の在所から、お伊勢参りにいくというお百姓たちが最上屋さんに逗留《とうりゆう》していた折りでした」

　出羽の百姓たちの総勢は八人ほどで、たまたま最上屋は他の客で全員が泊まるほどの部屋は空いていなかった。それで同じ株仲間で世話役を務めている常陸屋を通して、収容できない二人が鈴屋に回されてきたのだという。

　常陸屋は、今は亡きお寿々の婿養子だった彦三郎の実家である。客も疎《まば》らな鈴屋を心配して、なにかと気を回してくれていた。

「兼吉《かねきち》さん……という名前だったと思います。でも、あの時は、お百姓の身形《みなり》をしていました」

「ほう。それが今度は二本差しか……お寿々が直ぐに思い出せなかったのは、この若侍が窶れていたせいばかりではなかったようだな」

慎吾は思案を巡らした。

昏倒寸前に、「なにとぞ、ご内分に……」と言い残したことが気にかかっている。

その一言さえ耳にしていなければ、飯田町あたりの自身番に担ぎこんでもよかったのだ。

「二人連れというと、いま一人も百姓か？」

「いいえ。綺麗な娘さんでした。なんでも庄屋の一人娘とかで、たしか……お美津《みつ》さん、だったと思います。兼吉さんは、同じ部屋というのも何だから、別の部屋を、と言ったのですが、あいにくその日は他の部屋は塞がっていました……それじゃせめて手代の部屋にでもと言うのを、お美津さんが、かまわないからと……ええ、思い出しました。あのときの兼吉さんだと思います」

「だとすれば、今度の江戸出にあたって、最上屋か鈴屋に泊まるつもりだったのだろうか？　いや、その前に済ませる緊急の用件を帯びていたのかもしれぬ」

「慎吾さま……なぜ、兼吉さんは襲われたのでしょう？」

「それだ。本人が息を吹き返さぬ限り、事情を知りようはないが……」

そこへ、吉兵衛が宿帳を携えて戻ってきた。

「ありました。たしかに……出羽村山郡《むらやまごおり》中谷村の兼吉二十一歳……今ひとりは、中谷村庄屋の娘、美津十六歳……と記帳が」

「伊勢参りといったな？」

「はい」

「幾日ほど逗留していた」

「二泊でございます」

「伊勢参りの途次なら、ついでに四、五日は江戸見物をしていくのが普通だが……」

「ええ、そういえば慌ただしい旅立ちでした……」

お寿々が思い出す目になって呟いた。

「二人は江戸見物はしなかったのかい？」

「いいえ、翌日と次の日とも、二人は出掛けていきました。江戸は不案内でしょうから、あたしがご案内しましょうかと申し出ましたが……最上屋さんの人達と一緒だからと、まあ言われてみればそのとおりで……でも」

「でも？」

「江戸見物にしては、浮き立ったふうもなく……そういえば……お伊勢参りにしても、最初から、なにか思い詰めたような顔をしていた二人だったと、今にして思い出されます」

そこへ、手代の清六が顔を出した。多門家の中間の忠助がきているという。

「いかん。師への挨拶を忘れていた」

慎吾は慌ただしく立ち上がった。

「帰りに寄るつもりだが、兼吉の容体は予断を許さない……」

「あたしが、付きっきりで傍におります」

お寿々が心もとなさそうな目で言い、慎吾の見送りに立った。

二

「お美津さま！　お美津さま！　はじまりました！」

兼吉は庄屋屋敷の庭に胸躍らせて走り込んだ。

広い庭に面した母屋の縁側で、お美津は父親の宗右衛門《そうえもん》と来客に応対していた。

身形《みなり》からして、代官所から巡検にきた手附《てつき》や手代たちであることが分かる。その一人の若侍に、兼吉は見覚えがあった。

尾花沢《おばなざわ》代官所の手附、楠部三之助《くすべさんのすけ》で、兼吉とさほど歳は変わらない。

お美津は兼吉の知らせに、満面に笑みを広げると、

「楠部さま、ご覧になります？」

と浮き浮きとした声で誘った。

「ぜひ！」

若い代官所役人も、顔を紅潮させて腰を浮かせた。

兼吉に案内されて、一行は見渡す限りの紅花《べにばな》畑を目にして感嘆の声をあげた。

咲き誇る黄色い花弁が朱色に染まっていく。

開花から三日目あたりになると、黄色の紅花は徐々に赤みを帯びてくる。

お美津は、この光景を毎年心待ちにしていた。

「なるほど、見事なものだ。お美津どのの申された通りだ」

感にたえぬといったふうに、三之助は固唾《かたず》をのんで目を輝かせている。

「よい香りがいたします。ご案内します。手にとって嗅いでご覧なされませ」

お美津の物言いに土地の訛《なま》りはない。父親の宗右衛門が、いずれは武家に嫁入りさせようと、江戸の武家出の女を乳母《うば》につけていたためである。

その言葉遣いと挙措《きょそ》が、お美津の美貌をさらに上品に引き立てていた。

兼吉は、いつも眩《まぶ》しい視線でお美津に接し、この時期の紅花に包まれているお美津が一番美しいと思っていた。

ふだんは手の届かない庄屋様の一人娘だが、この時ばかりは身近に接することが出来た。兼吉は大人顔負けの紅花栽培の名人で、庄屋からも目をかけられていた。

お美津の喜ぶ顔が見たくて、紅花をお美津と思い、毎年丹精込めて励んできたのだ。


この地方の農家の夏作として栽培される紅花は、純金にも等しいといわれた。京染にはなくてはならぬ貴重なもので、豊かな利潤を生む。

紅花の産地は諸国に広がっているが、ここ出羽村山地方で産する紅花は最高級とされ、『最上紅花《もがみこうか》』と珍重された。

最上川の船便で酒田湊《さかたみなと》へ、そして西廻り航路で上方に搬《はこ》び出され、多くの紅花大尽《だいじん》を生んだ。

だが紅花染は京の染物商が独占し、その技法も職人も産地に流れこむことはなかった。上方商人は産地の紅花を安く買い叩き、一手専売をもくろんだが、産地農家は数十年にわたる対決の末、専売化を粉砕した。

村山地方を中心に、紅花を扱う新興名主が勢いを得た。中谷村の庄屋・宗右衛門もその一人だった。

紅花産地の悔しさは、紅染の原料となる『紅花餅《べにばなもち》』を出荷するに留まっていることだった。買いつけの見返りに、見事な紅花染の長襦袢などを手にすることが出来るのみである。

お美津にそれを着せ、周囲から賛嘆の声が漏れるたび、宗右衛門は複雑な思いにかられ、溜息まじりに思わず愚痴を零《こぼ》したことも二度や三度ではない。

兼吉も、紅花餅を作る作業で何度かそれを耳にした。

それだけに、朱に染まる紅花畑の短い光景を惜しんだ。それはお美津も同じ思いだった。

紅花畑のなかに見え隠れする、若い代官所役人とお美津の姿をみるたび、兼吉は微かな嫉妬を覚えた。

――お美津さまは、あの若い手附に嫁入りなされるのだろうか……。

庄屋様の応対ぶりからして、そんな気がする。

だが、すぐに兼吉は自分に言い聞かせた。

――それが、お美津さまの幸せになることなら喜ばしいことだ。

幾ら思い焦がれたとて、もともと手の届かない女人《ひと》である。

若い代官所の手附は、尾花沢代官の縁戚とも聞いている。

――いずれは、お江戸に行かれるのかも知れない……。

そう思うと、胸が詰まった。

村山地方は、御料地（天領）の最も北に位置している、尾花沢代官所の支配地であった。

代官は江戸の勘定奉行から任命されて赴任するが、代官所に詰める属僚《ぞくりよう》は地元の農民出身の手代と、江戸から派遣されてくる下級幕臣出身の手附とで構成されていた。

それゆえ代官も手附も、任期を終えると江戸に戻るか、新たな代官所に派遣されることになっていた。

お美津が楠部という手附に嫁入りするにしても、尾花沢ならまだ同じ御料地の内、里帰りもするだろうし、村の仕事で代官所に出掛ける用事もあるから会えないこともないだろうが、江戸へ移ることになったらその機会さえなくなる。

紅花畑に見え隠れする二人が、何を話しているか気がかりな兼吉だったが、やがて戻ってきた楠部三之助から意外な言葉をかけられた。

「兼吉と申したな」

「はい」

「そちは紅花には明るいと申すではないか。どうであろう、私が推輓《すいばん》するから、尾花沢にこぬか」

「は？」

兼吉は最初、何を言われたのか咄嗟に飲み込めなかったが、

「お父っつぁんも、前々から考えていたようよ。今日も楠部さまに、そのことをお話ししていたし……それに、兼吉が傍にいてくれると、あたしも心強いし……」

言ってお美津は、すこしはにかんで目の下を染めた。

「お前に、代官所の手代にならぬかと申しておる」

三之助の声は明るく、穏やかな微笑をたたえていた。

「おらが……代官所の手代に……？」

あまりに意外なことだったので、兼吉は目をしばたたいて声を上擦らせた。

「宗右衛門どのにとっても良いことだ。そなたの人柄は庄屋殿も太鼓判を押して

いたしな。あとで正式に声がかかろう。いまから心の準備をしておけ」

と、お美津と微笑で目交《めま》ぜをしている。

「兼吉、そうなさい。あなたが羽織袴で刀を腰にさしている姿を、あたしも見てみたい」

と声を弾ませた。

代官所手代は、役についている間は幕臣に準ずる陪臣の扱いを受けることになるのだ。

その日は、ただただ当惑するばかりの兼吉だったが、

――やはり、お美津さまは楠部様にお嫁入りなされるのだ……。

そう思い至ると、兼吉は淋しいやら嬉しいやらで、眠れぬ数日を過ごした。

紅花摘みも終わり、広い庄屋屋敷の庭に筵《むしろ》が敷きつめられ、点々と紅花餅が並べられる頃になって、兼吉は宗右衛門の部屋に呼ばれた。

そこで、正式に尾花沢代官所の手代となる旨を打診されたのである。

兼吉にとっては否も応もない。ただただ恐縮して拝命したのだった。

ひょっとすると、今年の紅花餅作りが最後になるのかもしれない……。

そう思うと淋しくもあり、いつもの年に増して作業に精を出した。

紅花餅は、黄色い花弁に朱がさしはじめたころに摘んで発酵させ、圧搾《あっさく》して団子状にしたものを、筵に並べて天日で乾燥させたものだ。

これで生花を乾燥させたものより、十倍の紅を含有するものが出来あがる。

鮮やかな紅色に変貌するのは、染職人の手に渡ってからのことで、この段階では梅干し色に近い。兼吉は指先を染める紅花の色を見ながら、なぜか涙が止まらなかった。


「泣いているのか……」

長沼道場から鈴屋に戻った慎吾は、お寿々が枕元で兼吉の目尻を拭いているのを目にして、思わずしゃがみこんだ。

「夢を見ているのかもしれません……」

「このぶんなら、三途《さんず》の川を引き返したやもしれんな……」

生死の境を彷徨《さまよ》っている兼吉は、顔にも全身にもぐっしょり汗を浮かべていた。

三

翌日になっても、兼吉の意識は戻らなかった。

だが、血の気の失せた顔色にも微かに生気が戻り、手首の脈拍も回復した。徹夜で看病したお寿々に、お梶が代わりましょうと声をかけたが、お寿々は宿の仕切りを任せて、そのまま枕元を離れなかった。

慎吾は朝方顔を出したが、兼吉の顔色を確かめて奉行所に向かった。

定町廻りの白樫寛十郎には、長沼道場で昨日の一件は話してある。

護持院の原周辺で兼吉を襲った武士たちを目撃した者がいないか、手先に探ってもらっていた。

「九段坂下で、旅装の若侍が必死の形相で駆け過ぎるのを見たという、立ちん坊がいたそうだ」

早くも寛十郎のもとに情報がもたらされていた。

立ちん坊とは、急勾配の九段坂を登る荷車の後押しをして駄賃を貰う人足たちである。

「それじゃ、その後を追いかけてくる一団も目にしたのか?」

「うむ。時雨のなかを、これも猛然と走り過ぎて行ったという」

「とすれば、人けも疎らな護持院の原で追いつかれたということか……」

「兼吉とか申す若侍が、どこで一団の目に止まったのかということになるが……昨日は重陽《ちょうよう》の節句だ。お目見以上の武士なら柳営《りゅうえい》に登城している。もっとも、襲われた時刻から察するに下城刻とも思われるが……」

　寛十郎は、思わせぶりな視線を慎吾に向けた。

「……駕籠訴《かごそ》か？」

「考えられぬことではあるまい。その若者、出羽から出てきたと申していたな？」

「そうだ。昨年の夏には百姓姿で鈴屋に泊まっている……そうか！　もし駕籠訴に及ぶとすれば、御勘定奉行かも知れぬな」

「御老中への駕籠訴なら大手門に向かうはずだ。九段坂周辺で追われたとするならば清水門から下城してくる御勘定奉行とみて、まず間違いあるまい。それも公事方だ」

　勘定奉行は勝手方（財務担当）と、公事方（訴訟担当）に二名ずついる。勝手方勘定奉行は大手門内の下勘定所に通い、御金蔵の勤務に回るが、公事方勘定奉行の役宅は神田橋御門外にあって、柳営への登下城は清水門が使われることが多い。

「それこそ慎吾の兄上が仕える御奉行ではないか」

「とんだ灯台もと暗しだ」

慎吾は憤激まじりに奉行所を飛び出した。

実兄の倉田平四郎は、公事方勘定奉行・遠山景晋《とおやまかげみち》の書役同心で、奉行の登城には供奉《ぐぶ》していない。また昨日は非番で、慎吾が帰ってから勘定奉行所の菊酒の儀に顔を出すと言っていた。

駕籠訴騒ぎを知っているとすれば、慎吾が帰った後である。

二合半坂の組屋敷に走りこんだ慎吾は、兄嫁に頼み込んで奥座敷で待たせてもらうことにした。平四郎が神田橋御門外の勘定奉行の役宅から戻ってくるのは、七つ（午後四時）過ぎである。

兄嫁の芳江《よしえ》は驚いたが、確たることが判らない限り、無闇に事情を話すわけにもいかない。一人黙念と座して、ひたすら兄の帰宅を待った。

百姓姿の兼吉が、羽織袴の二本差しで再び江戸にやってきた事情は推察できた。

代官所に手代として勤めることになったからだろう。

――国元で騒ぎが持ち上がったのだ。

だが、それなら代官を飛び越えて、なぜ江戸へ駕籠訴に及んだのか？　だいいち一人で駕籠訴というのも奇妙であった。駕籠訴なら数人で押しかけるはずである。

推量しかねて長い時間が過ぎた。

平四郎が帰宅して、兄嫁から告げられたのだろう、着替えもそこそこに顔を出した。

「どうした慎吾」

慎吾は挨拶どころではなく、昨日から今日にかけての一件を手短に告げた。

「はて、御奉行に駕籠訴があったことなど聞いてはおらぬぞ」

「まことで？」

「お前に隠してどうする」

慎吾は拍子抜けした。

「しかし、気にかかることではあるな……その若侍、しかと代官所の手代に相違ないのか」

平四郎も暗鬱《あんうつ》な顔になって思案を巡らした。

「出羽の御料地には尾花沢の代官所のほか、大石田、谷地、寒河江《さがえ》などの出張陣屋がある。そこは主に地元の手代が詰めており、尾花沢からの巡検に備えておる。その若者が手代であるなら、どこの手代か確かめたか？」

「いえ……そこまでは。鈴屋の宿帳で、村山郡中谷在の者であることは確かですが」

「とすれば、大石田の出張陣屋の手代かもしれぬな……」

大石田は中谷村に近く、村山郡の産物、とりわけ紅花の集積地で賑わう最上川船運の一大拠点であるという。

「尾花沢の代官所へ届け出られぬ事情でも起こったのでしょうか？」

「代官の大辻十内《おおつじじゆうない》殿は、江戸に出府しておる」

「では、尾花沢は代官不在なのですか？」

「大辻殿は稀にみる能吏でな。勘定支配役を兼職され江戸に呼び戻された。尾花沢は代官の信任厚い元締手附と、元締手代に任せてあるとのことだが、なに、こうした例は大辻殿が初めてのことではない」

慎吾は唖然とした。

尾花沢の幕領は優に五万石を超える。相応する大名の領地なら、郡奉行が不在で江戸詰になることなど考えられない。それでなくとも代官所には三十名ほどの役人しか配置されていない。それも末端の足軽、門番を含めての数と聞いている。

「御料地の扱いは難しくてな。いきおい地元の事情に精通した農民を元締手代とせねば、到底やってはゆけぬ。手附は、せいぜいそれを補佐し監視にあたることしか出来ぬのが実情じゃ。逆を申せば、それだけ手代たちがしっかりしておれば、お役目に支障はないということになるのだが……」

実兄は、袂に手を入れて眉をひそめた。

「しかし……気にならぬわけではない」

「と、申されますと……？」

「大辻殿が、御奉行様に勘定支配役を解いていただき任地に戻りたいと、このところ再三願い出ておられるのだ」

「何故でございます？」

「手塩にかけて長年、疲弊した村々の復興にこぎつけたこともあろう。京の紅花問屋の専横に抵抗した農家のために尽力されたし、延沢《のべさわ》銀山では自ら老体に鞭《むち》打って坑内に入り、坑夫の心を摑んで産出量を上げた。その精勤ゆえに御奉行も少しは体をいとえと、江戸に呼び戻したのだ。かといって代わりの代官を任命するわけにもいかぬ」

「兄上……こたびの兼吉の江戸出府は、尾花沢代官不在ゆえの駕籠訴とは考えられませぬか？」

「わしも、それを考えてみた。いずれにしても、御奉行のお耳に入れようと思うが、その兼吉とやらの容体はいかがじゃ」

「生き死にの峠は越したように思われますが、まだ意識は戻りませぬ」

「慎吾、しばらくその者に気を配っておいてくれぬか。わしも調べてみる。問題は、襲った武士たちの正体だ……」

「兄上に、お心あたりが？」

「ないではない……じゃが、いまここで口にするわけには参らぬ」

「……」

「勘定所内部の綱紀に関わることだ。ひそかに内偵をすすめてみるが、どうにも動きがとれぬようになったら、お前の力を借りねばならぬことになろう。その時は、頼むぞ」

「かしこまりました」

慎吾は、それ以上踏み込んで訊ねるわけにもいかなくなった。

奉行所に戻り、首を長くして待ちわびていた寛十郎に、そのことを告げた。

「厄介なことになりそうだな。兼吉を襲ったのが勘定奉行所の役人なら、こっちも迂闊《うかつ》に手は出せねえ」

「はっきりしたのは、兼吉が駕籠訴に及ぶ前に、連中に嗅ぎつけられていたということだ」

「出羽の国元と勘定奉行所を繋ぐ陰の人脈があるに違いねえ」

慎吾は暗澹《あんたん》たる思いになった。

寛十郎の言う通りなら、内偵をすすめる兄にも危難が襲いかかる可能性は強い。

「慎吾、気をつけろよ。兼吉を助けたお前の顔は連中に知られている。身形から町奉行所の同心とまでばれているんだ。ひそかに嗅ぎ回るかも知れん」

「俺のことより、鈴屋が心配になってきたな」

兼吉の生死がわからぬ限り、相手も動き出すはずだった。

辻駕籠を尾行してくる者がいないか、慎吾は何度も背後を振り返りながら鈴屋に兼吉を搬びこんだのだが、それらしい人影はなかったはずだ。

だが時雨の中である。見落としたかも知れないし、辻駕籠屋から当日の駕籠かきを突き止めるかも知れない。可能性は薄いが用心するにこしたことはない。金次第で平気で口を割る手合いだ。

「気の利いた手先に、鈴屋の前を見張らせておこう」

寛十郎が、慎吾の不安を引き受けた。

四

二日目の夜になっても兼吉は昏々《こんこん》と眠り続けていた。

お寿々は枕元に座りながら仮眠をとっていた。片手は兼吉の手を握っている。生気を取り戻したら握り返すと思ってのことだった。

慎吾も傍についていてやりたかったが、外泊は許されぬ身である。

兼吉は、まだ夢のなかを彷徨っていた。

紅花餅の荷駄に付き添って大石田の川役所に出向き、無事大任を果たしてから二日後、尾花沢の代官所に向けて出立することになった。

正式な辞令が宗右衛門を介して渡され、身支度を整えた。

月代《さかやき》を剃り、餞別《せんべつ》とともに庄屋から贈られた真新しい羽織袴を身につけたとき、

「まあ兼吉、とってもお似合いだわ。どこからみても立派なお役人様だわ」

と、お美津は心底喜んでくれた。

楠部三之助との結納を終えていたお美津は、初雪が降る前に尾花沢へ嫁入りすることになっていた。

「一足先に参ります」

兼吉は、村外れまで村人と一緒に見送ってくれたお美津に、照れくさそうに挨拶を残し、晴れがましい思いで旅立った。

ところが、赴任して早々、信じられない事件に巻き込まれた。

尾花沢の元締手附以下、四人の役人が不正の嫌疑で捕らえられ、代官所の仮牢に押し込まれてしまったのである。そのなかに手附の三之助も含まれていたから、兼吉の驚きは尋常ではなかった。

代官所は財務に当たる地方《じかた》と、訴訟事に当たる公事方《くじかた》に別れていて、それぞれ

元締手附と元締手代が、二名ずつ代官の下に配置されている。

代官不在の折りとて、不正を裁く権限は公事方元締に委ねられていた。

三之助たちの嫌疑は、中谷村に代官所から貸し付けられた紅花栽培の拡張資金の使い込みと、紅花の抜け荷に加担したというものだった。

「そんな、ばかなことが！」

兼吉にとっては青天の霹靂《へきれき》だった。

そればかりか、中谷村庄屋・宗右衛門も厳しい吟味を受けた。

「そったらことは、断じてあるわげねえ！」

兼吉は必死に抗弁したが、聞き届けてはもらえなかった。

元締手附・相沢《あいざわ》久太夫《きゅうだゆう》は、江戸の大辻代官に不正の一件を報告し、勘定奉行よりの裁可状をいただいたとして、直ちに中谷村へ赴くという。入牢した三之助たちは、後日沙汰《さた》あるまで牢獄に繋がれた。江戸に護送されて処断されることになるという。

兼吉は入牢は免れたものの、中谷村の不正の証人に祀《まつ》りあげられ、捕吏に同道して再び郷里に舞い戻される慌ただしさになった。

兼吉には何が何だかわからない。

あてがわれた部屋で旅の荷を解く間もなく、その夜、代官所内が寝静まった深夜、三之助と上役の元締手附の一人・原茂左衛門《はらもざえもん》が繋がれた揚牢《あげろう》の前に忍びこんだ。

声をひそめて三之助を呼んだ。

起き上がった三之助と、牢格子を挟んで互いに耳元で囁き合った。

「身に覚えのないことだ……これは、相沢様の陰謀に違いない。宗右衛門殿が無実の罪で縄目を受ける前に、何とか知らせて逃がすことはできないものか……」

と三之助は怒りに声を震わせた。

気配に気づいて起きてきた原が、加わった。

「いや、それでは却《かえ》って宗右衛門の罪を認めることになりかねぬ。口惜しい限りだが、捕縛は止むを得ぬこととして、江戸のお代官様に訴え出て、勘定奉行所のお裁きに持ち込むが賢明だぞ」

五十を過ぎた原はさすがに慎重だった。大辻代官に後を任されたほどの有能な属僚だけに、降って湧いた冤罪《えんざい》の背景に思いを巡らしていたのだ。

「兼吉、中谷村の気の利いた者たちと、そっと語らい江戸表に奔《はし》れ。それ以外に中谷村を救う手立てはないぞ」

軒灯の漏れてくる闇のなかで、原は兼吉を急かせた。

鼾《いびき》をかいて眠りこけている牢番だが、いつ目覚めるかもわからない。

目顔で大きく頷いてみせる兼吉に、三之助は牢格子越しに強く手を握った。

「お美津どのを、その中に加えてくれ……江戸の、私の実家に身を寄せて、私を待っていてくれと……そう伝えてくれぬか」

嗚咽《おえつ》が、いまにも漏れそうになる。

「いけ。牢番に気づかれる」

原に肩を強く摑まれて、兼吉は揚牢の前から忍び出た。


翌日、中谷村へ出役する捕吏の陣頭に立った相沢は、道案内を命じた兼吉を、言葉巧みに抱き込みにかかってきた。

「わしの言う通りに動きさえすれば、いずれは元締手代に引き上げてやるぞ。一生遊んで暮らせるほどの金も与えよう。よいな」

と持ちかけられて、いよいよ相沢の陰謀であることを確信した兼吉だった。

「中谷村の連中は、庄屋を捕縛されて黙ってはいまい。お前は、その中に入って百姓どもの動向を探れ」

密偵《いぬ》になれと言う。

昨夜、原茂左衛門に囁かれた策と表裏をなす誘いだ。

「お前の働き次第によっては、宗右衛門の娘との媒酌を取り持ってやってもよいぞ。嫁ぐはずの三之助は罪人だ。父親もまた罪人となれば、寄る辺《よるべ》なき娘は、この世に住むところとてなくなる。聞けば鄙《ひな》には稀な絶世の美女という噂ではないか。お前にとってはまたとない役得になるのだ。悪い話ではあるまい」

兼吉は一瞬だが、その光景を夢想した。

だがすぐに、その妄想を打ち消した。

――そんな大それたことを……もし、欲に目が眩《くら》んで、そうなったとしても、お美津様に一生恨まれるだけのことだ。

そう思ったが、兼吉は表情には出さなかった。

抱き込まれたふりを装えば、少なくとも行動の自由は保証される。

「まことでございますか？」

兼吉は、相沢の裏をかこうとした。

「さすがは手代に推挙されただけのことはあるな。利口者は滅びる方にはつかぬものだ」

と、相沢は満足げに兼吉の肩を抱き寄せたものだった。

中谷村に踏み込んだ相沢久太夫は、大石田ほか出張陣屋の地方役人と配下を招集して、中谷村の庄屋以下、村役人を捕縛した。

宗右衛門は一瞬色をなしたが、抵抗はしなかった。

「なにかの、お間違いでござりましょう。いずれは御奉行さまのお白州で冤罪を晴らしてみせまする」

と、粛然と縛《ばく》についた。

中谷村の村人は恐慌をきたした。

相沢は主だった自作農を村の阿弥陀堂《あみだどう》に集めて、

「やがて江戸表より正式の沙汰あるまで、冬の備えに精勤しておれ。それまで中谷村は、大石田村庄屋・利兵衛《りへえ》の預かりとする。さよう心得よ」

と言い置き、大石田の出張陣屋に引き上げていった。

残された自作農の大半は、力なく肩を落として引き上げていったが、六人ほどが居残った。

いずれも、紅花餅の出荷を終えた農閑期に、伊勢参りを楽しみにしていた連中だ。それが寝耳に水の事件に巻き込まれて、物見遊山どころではなくなった。

「こったらごとされで、黙っているわげにはいがね！」

「言いがかりもいいとこでねが！」

「庄屋様は嵌《は》められたに違いねぞ！」

口々に激昂して、隅に控えていた手代姿の兼吉を一斉に振り返った。

「兼吉！　おめ、尾花沢の代官所で何があっだが知ってるべ」

「いや。おらだば着任早々のことで、何が何だかわがらね。知ってるごどは、元締手附の原様と手附の楠部様、あと元締手代と加判手代の四人《よったり》が牢屋にぶちこまれたこととぐれだ」

「原様まで牢屋入りだば、誰さ訴えていいが分がらねな」

頼みは公事方元締手附の原茂左衛門だけだったが、それさえも断ち切られた。

「江戸さいぐべ！　お代官さまに訴え出るしかなかんべよ！」

「んでも、捕まったら、おらだつも牢屋入りでねか」

「そっと村を抜け出るしかねべ。このままだば、おらほの田畑は大石田村に取り上げられる。そったらことになったら、おらだつは残らず潰れ百姓だ。おめおめと大石田村の小作にされてたまっか！　死ぬ気で江戸へ出るしがね！」

しばらく重苦しい沈黙が続いた。

兼吉は掌《てのひら》にじっとり汗をかいていた。

――どうすればいいんだべ……。

仲間の動きを相沢に密告する内命を受けている。それでは村を裏切ることになる。

恩ある宗右衛門の冤罪を晴らすこともできなければ、お美津がこの先どうなるかもわからない。相沢を裏切って、一緒に江戸へ奔るか。お美津さまだけでも江戸へ逃がしたい……。

兼吉の思いは千々に乱れた。

その時だった、頭巾で顔を隠した女が一人、そっと阿弥陀堂の裏口から入ってきた。

「江戸へ参りましょう。わたしも一緒にいきます」

「お美津さま」

一同は一斉に振り返った。

「でも、江戸に向かったとさとられては、すぐに追手に捕まってしまいます。村を捨てて他藩に逃散《ちょうさん》したと見せかけるのです」

「どごさ?」

「秋田か、仙台か、いえ山形でもいい。兼吉、おまえは、その動きを相沢様にお伝えして。村を裏切ることになるけれど、今は手代の身分です。中谷村へ帰ると村はもう無いも同然。保身で仲間を裏切ったと相手も信用するでしょう」

一同は唸った。

「さすがは、お美津さま。それでうまく誤魔化せるかもしれねな」

「兼吉、おめの動きひとつで、村は救われるかもしれねぞ」

「兼吉、そうしておくれ」

「お美津さま……」

兼吉は泣きそうな顔になった。お美津の策は自分の窮地を救ってくれるものだ。だが、果たしてうまくいくだろうか。兼吉はお美津の身を案じた。

「兼吉は、逃げたわたしを追ってくることにすればいいわ。天童《てんどう》には亡くなったおっ母さんの実家があります。そうみせかけて、わたしと一緒に江戸へ」

一同はまた唸った。さすがは庄屋様の娘だと思った。

「家屋敷はすべて没収になったけれど、これだけはどうにか持ち出すことができました」

言って袂から取り出したのは、彼らの伊勢参りのために父が用意していた通行手形だった。

一同はどよめき、そして感激していた。

「何組かに分かれて江戸に入りましょう。落ち合うところは両国橋の西詰、近くには旅籠《はたご》が沢山あると聞いています。そこで一緒になって、お代官様に訴え出る相談をすることにしてはどう？」

そのお美津の言葉に一同は元気づけられた。

「やるべ！　こうなったら一か八かだべ！　これで捕まったら捕まったときのことだ」

兼吉の目に涙が溢れた。お美津さまが、いつにも増して神々《こうごう》しく見え、その姿が揺れていた。

五

「お……お美津さまァ」

兼吉の口から、嗚咽まじりの声が漏れた。

お寿々の手を握る手に、力がこめられた。

「気がついたようだな」

枕元の慎吾が身を乗り出した。

「兼吉さん、兼吉さん！」

お寿々は声を励まして、兼吉の意識を覚まそうと懸命に手を握り返した。

うっすらと目が開いた。

「兼吉、生き返ったな」

宙を彷徨っていた兼吉の目が次第に焦点を結んで、不思議そうに慎吾とお寿々の顔を見上げている。

「……」

空白の時間を埋めるまでに、しばらく時を必要とした。

やがて、慎吾の顔を認める輝きが目の中に宿った。

「お……おらは……」

「安心しろ。ここは、お前が以前泊まったことのある宿だ」

兼吉は、お寿々に目を戻して、

「あ……あの時の……女将《おかみ》さん……」

「よかった……思い出してくれましたね」

兼吉は半身を起こそうとして激しく噎《む》せこんだ。

「起き上がるのはまだ無理だ。薬湯と粥《かゆ》でしばらく力をつけろ」

慎吾が肩に手をやって静かに寝かしつけた。

お寿々が薬湯を火鉢にかける。

「聞きたいことは山ほどあるが、俺が知り得たことを話して聞かせるゆえ、相槌《あいづち》で応えろ。そうして、ゆっくりと思い出せ。よいな」

兼吉はかすかに頷いた。

慎吾は、まず襲撃された相手と、その時の事情を訊ねた。

「お前は、出羽の在所で不当な事件に巻きこまれた。訴えようにも尾花沢の代官は不在だ。そこで、江戸に出て、勘定奉行に駕籠訴に及ぼうとした。だが、その直前に気づかれ襲撃された」

兼吉は驚きに目を瞠《みは》りながら頷いた。

「相手は、勘定奉行所の役人か？」

しばらく考え込んだ兼吉は、判断に迷っているようだ。

「わ……わかりません。で、でも……関係してるのは、間違いありません」

「お前は、昨年の秋に、この鈴屋に泊まったときは百姓の身形《なり》だったというが、今は武士の扮装をしている。百姓から代官所の手代になったからだと思うが、違うか」

「去年……泊めていただいたときは……手代になりたてのときでした。事情があって……百姓の姿に戻りました」

「ふむ……その時から今度の江戸出府の間に、何があったかだが、その前に、去年の秋の経緯を聞いておこう。お前が手代となったのは、どこの代官所だ」

「お、尾花沢です」

お寿々が、薬湯を湯飲みに入れて差し出す。

「慎吾さま……」

「うむ、一息入れよう」

と、おもむろに兼吉の半身を抱え起こし、背を支えてやった。

お寿々に手を添えられた薬湯を、兼吉は静かに飲んだ。

一息入れて兼吉は、ぽつりぽつりと去年の江戸出の経緯を話しはじめた。

尾花沢代官所の初出仕の日に、いきなり事件に巻き込まれたこと。中谷村の庄屋捕縛から、仲間と密かに江戸へ出て代官に訴え出る寸前までを、口惜しさに震えながら明かした。

「それで、大辻代官には会えたのか？」

兼吉は激しく首を振り、喉から絞り出すような声を漏らした。

「勘定支配役を兼務した代官の拝領屋敷までは、捜し当てられなかったのだな？」

兼吉は激しく頷いた。

「でも、お美津さんと二泊しただけで、ここを出立なさいましたが……？」

お寿々の問い掛けに、兼吉は激しく身を悶えさせて号泣した。

思わずお寿々は慎吾と目交ぜして、当惑するばかりである。

慎吾は、兼吉の落ちつくのを待った。

「お美津さまは……お美津さまは……おらだつが、お代官さまにお会いできるまでの江戸滞在の費用を作るといって……よ、吉原に身売りを……」

俯いたままで洟《はな》を啜《すす》りながら、嗚咽をこらえている。

「お前が、付き添ったのか……」

兼吉は頷いた。

お美津が身を沈めたのは、京町一丁目の一文字屋だという。

鄙には稀な美人である。妓楼主は、お職の花魁《おいらん》を張るのは間違いなしと見て、突出し新造として見世に出すまで、みっちり作法と芸事を身につけてもらうと請け合い、三百両という高値で、身売り証文と引き換えに金を渡したという。

二十七の年季明けまで、その数十倍は優に稼ぎ出す上玉と踏んだのだ。

お美津は、後事を兼吉にすべて託した。

「お父っつぁんの嫌疑が解けて、三之助様たちの冤罪が晴れれば、没収された家屋敷なども戻るかもしれない……そのときは、あたしを身請けにきておくれ」

そう言って、涙ながらに兼吉を送り出したという。

お寿々は、もらい泣きをこらえきれず、そっと目尻を袖で拭った。

あのときのお美津に、そんな切実な決意が胸に秘められていたとは思えなかった。

「その……大切なお金を……」

と言いかけて、兼吉は拳で激しく額を叩き続けた。

「仲間たちの手には渡せなかったのか……」

「最上屋の仲間に届けるまでは届けました……みんな、お美津さまの心根にうたれて感涙に咽《むせ》んでいたときです……いきなり、山崎《やまざき》様が数人を連れて踏み込んできて」

「なに？」

「最上屋の仲間は、逃散の科《かど》で……残らず召し捕られました。三百両もろともに……」

「なんてこと……」

「山崎というのは？」

「尾花沢代官所の江戸詰の方です。おらは、名前しか知りません……そのとき名乗られて、はじめてお顔と名前が繋がったばかりで……」

「おぼろげながら、陰の人脈が見えてきたな。代官所に江戸詰役人がいるとは、俺も知らなかったが、そいつと尾花沢の相沢が繋がっていたということだろう」

「はい……後になって思えば」

「それにしても、よくお前が、その場を逃れられたな？」

「咄嗟に、言い逃れをいたしました」

兼吉は、相沢の内命を帯びて一行の動静を探り、お美津の行方を追っていたのだと言い募った。

山崎も、相沢から知らせを受けていたようだ。なんとも不透明な兼吉の役回りが、かろうじて身を救うことになったのだという。

「おらは、一旦、尾花沢に帰るしかなくなりました……こうなったからには、相沢様と山崎様たちが企んだ裏の実態を探るしかありませんでした」

「うむ。それで、こたびの江戸出となったわけか。一年近い間に確たる証拠を摑んだのだな?」

「すべてではございません。んでも、お美津さまのことを思うと一刻も早く、悪事を暴かねばなんね、と思い、思い切って御勘定奉行様へ駕籠訴に及ぶしかねと……」

「その駕籠訴の書状はどうした」

「背嚢《はいのう》の旅枕のなかに隠してありますだ……取り出す間もなく襲われましたので」

慎吾は、お寿々に目配せした。

背嚢は手つかずのまま、洗濯した羽織袴とともに部屋の隅に置かれていた。

「お前の駕籠訴の意図が、相沢から山崎へ早飛脚でもたらされたと見て間違いあるまい。それにしても、お前が今まで生かされていたのが解せぬが」

「お美津さまを、おらが江戸のどこぞに匿《かくま》っていると思っているからですだ。今にして思えば……相沢様から山崎様にお届けする書状の使いは、おらをどこぞで拷問にかけて訊き出すつもりだっだのがも……」

「それが駕籠訴待ちのお前を張っていた山崎たちが発見して、拷問にかける余裕すらなくなって斬りつけてきたのだな」

「はい……そう考えると、すべての辻褄《つじつま》があいます」

お寿々がそっと背嚢を差し出した。

兼吉が、もどかしい手つきで背嚢を解き、旅枕にひそませた二通の手紙を慎吾に手渡した。

一通は奉書紙に包まれた駕籠訴状で、もう一通は相沢が山崎に宛てたものだった。

「披見《ひけん》しても、よいのだな？」

慎吾は念を押した。

「おら一人では、もうどうすることも出来ません。どうか、お力を貸してくださいまし……」

兼吉は震える手を合わせて拝んだ。

手代に抱えられるだけあって、訴状はなかなかの達筆であった。

慎吾は食い入るように書面を目で読んでいく。

六

恐るべき陰謀の実態が告発されていた。

それによると、尾花沢代官所から中谷村宗右衛門に貸し付けた二千両は、相沢久太夫一味が着服し、その罪を貸付窓口である元締手代になすりつけ、捕縛入牢した嫌疑が濃厚であること。

貸付金を受け取りながら、願い出の紅花作付の拡張を怠り、大石田からの紅花餅出荷のほかに江戸の紅花問屋へ抜け荷を工作し、その資金に流用した宗右衛門の事情を、大石田村の利兵衛の告発があったにもかかわらず、揉み潰したとされる元締手附・原茂左衛門の収賄《しゅうわい》は事実無根であり、実態は、大石田村の利兵衛が江戸の紅花問屋・茜屋喜兵衛《あかねやきへえ》と結託せし抜け荷を隠蔽《いんぺい》した嫌疑が強いこと、などであった。

冤罪に嵌められたのは、いずれも大辻代官の赴任中に重用された信頼厚い属僚ばかりで、それまで押さえ込まれていた相沢一派が、尾花沢代官所の権限を一手に握る陰謀に出たことが綴《つづ》られていた。

さらには、揚牢入りになっていた原が責任を痛感して切腹に及んだが、これは相沢の暗殺ではないかと告発されている。

このままでは、残された中谷村宗右衛門をはじめ獄中の者たちが、いつ牢病死と偽って密殺されるかもしれず、御勘定奉行直々の御吟味を伏して御《おん》願い申し上げ奉りまする、と結ばれていた。

「兼吉、よくぞここまで調べあげたな」

と顔をあげた慎吾の手元が、怒りに震えている。

「慎吾さま……？」

お寿々が怯えたほど、尋常ならざる怒気であった。

「この牢に繋がれている手附の、楠部三之助と申すは……我が長沼道場の門弟だ」

貧しい小十人組の部屋住だった三之助が、数年前、叔父の招きで出羽の代官所に手附として赴任の挨拶にきたことを、慎吾は失念していた。

「三之助まで、無駄腹を切らせるわけにはいかぬ」

慎吾は、もう一枚の書状を披《ひ》らく。

そこには、手短な指令がしたためられていた。

「手代、兼吉、密かに我等が内情を探っている由《よし》、判明。拷問にかけても美津の所在を確かめ、ともに密殺せよ。もし兼吉、御奉行に駕籠訴の動きあらば猶予《ゆうよ》に及ばず、即、斬るべし」

　慎吾は大刀を摑んで立ち上がった。

「慎吾さま、どちらへ！」

「兄上のもとに参る。動かぬ証拠が揃った以上、もはや二の足を踏んでいるわけにもゆかぬだろう。お寿々」

「はい」

「念のため、兼吉を橋本町の朴斎のもとへ移しておけ。兼吉を襲った連中が、この鈴屋に押し込んでくるかもしれぬ」


　山谷堀の料亭の二階座敷――。

　ここは吉原に繰り込むお大尽《だいじん》が、取り巻き連と芸者をあげて酒宴を張る中宿《なかじゆく》とよばれる一帯である。

　暮れなずむ空が待ちきれないといった風情で、目一杯にめかしこんだ五十絡みの恰幅《かっぷく》のいい商人が、紅塗りの盃を口に運びながら、芸者の踊りに目尻を垂らしていた。

日本橋本町に『茜屋』の看板を掲げる紅花大尽の喜兵衛だった。

吉原の夜見世がはじまるまでには、まだ間がある。

今宵は特別の日で、京町一丁目一文字屋の突出し新造の紅川《べにかわ》を、水揚げすることになっていた。

妓楼主から引手茶屋を通して話があったとき、まずその源氏名が気に入った。

紅花染は主に上方から下り物として江戸にはいってくるが、原料の一部は江戸へ直送されるものもある。江戸の紅花問屋は『京紅』に対抗して『小町紅』などと称して売り出していたが、茜屋の扱うのは紅塗の漆器と、口紅・頬紅などの化粧品の商いが主力だった。

引き札（宣伝文）には、「行く末は　誰が肌染めん　紅の花」と詠《よ》んだ芭蕉《ばしょう》の句を、ちゃっかり借用していた。

出羽路で尾花沢の豪商・鈴木清風を訪ねた折りに詠んだものとされている。京にも足しげく通った清風は、中央の俳壇でも知られる俳人で芭蕉とは交流があった。

鈴木家の商う物品は豊富にあったが、とくに縁の深い谷地の紅花で財をなしたといわれている。喜兵衛は、その谷地の貧農の子として生まれた。

幼いころから紅花餅作りに従事し、「いつかは」紅花大尽になろうと志を抱いた。

喜兵衛には二つ上の兄がいた。

出羽地方が飢饉《ききん》に襲われたとき、兄弟の家は潰れ、二人は大石田の船人足の飯場に売られた。やがて成長し、兄弟は紅花の集荷業者の見習いになった。

寛政に入ると、最上紅花は年に一千駄を上方に送るほどの隆盛期を迎えた。一駄は干花三十二貫ほどもある。利兵衛は『目早《めばや》』と呼ばれる仲買に身を転じ、兄は算用に優れ人扱いも巧みであったので、大石田村の庄屋の養子に迎えられた。それが今の大石田村利兵衛である。

村山地方の紅花は純金にも等しい地物成（特産品）となり、新興地主を生む一方で領内外の豪農・豪商が資本投下して中・小の自作農を取り込み小作化させていた。

代官所も座視しているわけにもいかない。そこで公金を貸付して、米作や銀山を凌《しの》ぐ収益をあげようと躍起になった。

まさに紅花戦争の様相を呈し、この機運に乗じて、すでに江戸で紅花問屋の財の基盤を築いていた喜兵衛は、兄弟結託して代官所を欺き、さらにはその権限まで抱き込もうと企んだのであった。

都合のいいことに名代官で知られる大辻は不在である。

ひそかに牙を剝いた兄弟は、代官所の切り崩しにかかった。元締手附の一人相沢はすでに長年の賄賂《わいろ》で飼い犬同然であった。

その相沢の腹心、江戸詰の山崎が飼い犬よろしく、愛想笑いを浮かべて顔を出した。

「これは山崎様、ようこそおいで下されました。まま、一献」

紅塗りの盃を差し出して上機嫌で迎える喜兵衛。

木っ端役人とはいえ身分は武士であるから、一応の儀礼はとるものの、腹のなかではせせら笑っている。

山崎は、しょせん相沢の走り使いで伝書鳩のようなものである。

「国元は、つつがなく収まりそうですかな?」

「それにつきまして、相沢さまからの御一報がござった」

山崎は盃を干してから、身を乗り出して耳打ちする。

「中谷村は、いよいよ大石田村に統合されるはこびの由」

「それはめでたい。お代官様はよく納得なされましたな」

喜兵衛は、わざと意地の悪い訊きかたをした。

「いやなに。役所の通達文書なぞは、どうにでもなるものでござるよ。お代官どころか御奉行まで、われら属僚の実務の上に乗っかっている飾り物のごときもので」

山崎は喜兵衛の皮肉にも、悪びれずに笑い返した。

大石田村の中谷村摂取の通達が、偽造であるのは明らかである。印判でさえも盗用するか偽造しているらしい。

「ごくろうさまでござりました」

喜兵衛は、袂から紅花染の袱紗《ふくさ》に包んだ、ずしりと重い小判餅を手渡した。

「ときに山崎様。わたしはこれから吉原に水揚げにいくのですがね。付き合いませんか。敵娼《あいかた》は最上紅花も霞《かす》むほどの美女ですよ」

紅川の新造突出し（披露目）の祝いのとき、喜兵衛はすでに下見をすませている。幇間《ほうかん》や取り巻きだけでなく、一人でも多く見せびらかしたいのである。

「あ、いや。身共はこれにて失礼いたす。宮下《みやした》と本日中に済ませねばならぬ用向きもござれば」

「それは残念ですな。では、後日また、お誘いすることにいたしましょう」

山崎は、座を温める暇もなく、退出した。

江戸詰の同僚・宮下と、斬り損じた兼吉を捜索することになっている。

首尾を遂げて相沢に知らせを届けぬかぎり、執務どころか夜もおちおち眠れぬ日々が続いていた。


紅川ことお美津は、引出物が山と積まれた部屋のなかで一人端座していた。

すでに暮れかかり、夜見世の開始を告げる見世清掻《すががき》の三味の合奏が廓中《くるわじゆう》から湧き上がった。

ついさっきまで、妓楼主夫婦がまことしやかに水揚げの祝辞を述べに来ていた。

「これで晴れて、おまえも一人前だねえ。紅花大尽に水揚げされるなんて、これも何かの縁だろうよ。茜屋さんは、引き続き馴染《なじ》みになると請け合ってくだすったし、目の覚めるような豪勢な紅染の三ッ布団。酒器から箸から輪島の紅漆《べにうるし》だよ。こんなことはめったにあるもんじゃない。今夜は水揚げの仮の部屋ではあるけれど、一夜明ければ花魁だよ。本間に二つ部屋のついた、押しも押されぬ座敷持ちだ。振袖新造《ふりしん》もつくし、禿《かむろ》もつくし、お前も抱えが出来るんだから、せいぜい身を入れておもてなしするんだよ」

内儀が一人でまくしたてる。

妓楼主は横で添え物のように座って、惚れ惚れと眺めながら目尻を下げっぱなしであった。

「わたしの目に狂いはなかった。この一年……引っ込み新造よろしく磨きあげてきた甲斐《かい》があったよ」

妓楼主は目を潤ませ、自ら仕立てあげた見事な商品を眺めて嘆声を漏らした。

「極上の紅染の長襦袢を身にまとっても、着物負けもしない……なんともはや、立派なものだ。艶《あで》やかだねえ……」

お美津は、目の覚めるような真紅の紅花染の長襦袢の膝前に両手をついて、

「お内所さんのご恩は忘れんせん。これからも、よろしゅうに……」

仕込まれた遊廓《さと》言葉で、お美津は恭《うやうや》しく優雅に頭を下げた。

妓楼主夫婦が満足げに部屋を出ていったあと、お美津は束の間、一人にされた。

行灯《あんどん》に照らし出されている引出物のすべてが、紅《くれない》に映えている。

お美津は、姫鏡台のなかに、自分《おのが》姿を見た。

鮮やかな紅染長襦袢が、郷里の紅花で染められたかと思うと、胸が締めつけられる思いがする。

――三之助さま……。

もう二度と、生きては会えることのない愛しい男の名を口にしたとき、涙が膨らんで、視界が揺れた。

寝化粧の、薄い頬紅にそれは伝い流れて、一筋の紅い涙となった。

――死にたい……！

お美津は姫簪《ひめかんざし》を髪から抜き取って、喉元に先端を当てた。

こんなことになるのなら、紅花畑で体を任せて操を委《ゆだ》ねるべきだった。

それだけが悔しい。

躊躇《ためら》っていると、不意に背後から猛烈な勢いで飛び込んできた人影に抱き竦《すく》められた。

「冗談じゃないよ、なに考えているんだい！」

遣り手婆の声だった。

「お前の体は、もう、お前のもんじゃないんだからねっ」

七

「慎吾。よくぞ届けてくれた」

倉田平四郎は、二合半坂の組屋敷に走り込んできた実弟から、二通の書状を受け取り目を通し、深く頷いた。

「すでに御奉行さまのお耳には入れてある。大辻代官と語らって、巡検使を尾花沢に遣わそうかという話になっておった。この二通が動かぬ証拠となろう」

実兄は勘定奉行所内の調整を進めていた。

公事方勘定奉行は二名で、一年交替で実務に当たる。

昨年の当番奉行は松浦伊勢守で、家格は高いが若年で実務に暗かった。加えて大辻代官が任地を離れていたから、その間隙を突いて相沢が動いたのだろうと、実兄は苦りきった顔で呟いた。

今年は平四郎が仕える遠山奉行の当番である。相役の奉行を刺激せぬよう根回し万端整えてから、一件に着手する必要があるのだと、兄は半ば愚痴めいた。

「実務を握る属僚が付け入るのは、そんな事情が温床になっているからだ」

「尾花沢代官所の江戸詰は、山崎のほかには？」

役に就いた者だったが、相沢と気脈を通じていたとは、大辻殿もご存じなかったようだ」

「宮下淳一郎《じゅんいちろう》と申す者と二人だ。両名とも御番方の小普請から召し出されてお

「兼吉の駕籠訴状から察するに、村山郡の紅花の江戸への抜け荷に関連する茜屋が、江戸詰の二人を籠絡《ろうらく》したとは考えられませぬか」

「とすれば、相沢を抱き込んだ大石田村利兵衛と結託して仕組んだ構図になるな。原茂左衛門の仮牢入りさえ、大辻代官は寝耳に水だと当惑なされていた」

「尾花沢から届く報告書の都合の悪い事柄は、山崎たち両名がひた隠しにして、江戸よりの通達文書も捏造《ねつぞう》していたのでしょうか」

「おそらく。原の申し開き書なども両名が握り潰していたのだろう」

「背筋の寒くなるような壟断《ろうだん》ぶりですな。とすれば原はいよいよ責めを負って切腹どころか、密殺されたのは濃厚……」

「うむ。それを知ったら大辻殿は憤激なさるに違いない」

「そのあたりの事情は、入牢中の手附の楠部三之助が知っておるやもしれませぬ。三之助は長沼道場の門弟でございます」

「なに、それはまことか？」

「はい。まごまごしていると、原殿の二の舞いになりかねませぬ！」

「慎吾、同道せい！」

平四郎が弾かれたように立ち上がった。

「どちらへ？」

「奉行所だ。御奉行から山崎、宮下両名の罷免状《ひめんじょう》を頂く。そなたはそれを携えて町奉行所に走れ。代官所の属僚を罷免されたとあれば、彼らは無役の御家人に過ぎぬ。兼吉斬殺未遂の嫌疑で町方も動きやすかろう」

「お供つかまつる」

二人は慌ただしく組屋敷を出た。


山崎は、柳橋の船宿で宮下と落ち合った。

「お美津の居所が手繰《たぐ》れそうだ」

「まことか」

宮下は、去年の秋に踏み込んだ最上屋から、改めて宿泊人を調べなおしてきたという。

「当日、逃散の咎《とが》で捕縛したのは六人だったが、実は当初八人の宿泊を申し入れてきたのだそうだ」

「残る二人は……？」

「満室ゆえ別の宿に分宿したという。そのうちの一人は女だ。それも若い別嬪《べっぴん》だったと手代の話だ」

「お美津か」

「まず、間違いない」

「さては兼吉……われらを欺いて、ひた隠しにしておったか」

「二人が泊まった旅籠の主を締めあげれば、行方がわかるかもしれぬ。田舎出の世間知らずの小娘が、一人残されて生活《たつき》の道が立つはずもない」

「許婚者《いいなずけ》の三之助の実家に立ち寄ったふしもなかったしな……宿の主に頼み込んで人宿《ひとやど》を世話してもらったのかも知れぬな……それで、その宿はどこだ」

「馬喰町三丁目の鈴屋という公事宿だ」

「確かめたか？」

「おぬしの来るのを待っていたのよ。以前泊まった宿ならば、手負いの兼吉が転がりこんでいないとも限らぬ」

「うむ」

「一人では手に余るしな。それに……出掛けに尾花沢より早飛脚が届いた」

「相沢様が業を煮やしておるのか」

「いや。楠部が破牢したという」

「なんだと」

「今朝方、宗右衛門ら四名の処刑状を送った矢先だ。命冥加《いのちみようが》なやつよ」

「楠部が江戸入りすると、またまた厄介なことになるぞ！」

「一人一人、殺《け》していくしかあるまい。毒食わば皿までだ。茜屋の金づるを失って、涙金ほどの役料で役所勤めなどしておられぬわ」

「よし！」

「どうする。清水門外のときのように加勢を頼むか」

「いや。兼吉が転がりこんでいるにしても手負いだ。われら二人で十分だろう」

二人は出掛けに茶碗酒をあおって飛び出した。

楠部三之助は、尾花沢代官所を破牢してから伊達藩《だてはん》領を経て、小名浜《おなはま》の代官所へ転がりこんだ。

小名浜代官は大辻代官と親しい名代官の寺西封元である。

三之助は事情を話し、江戸の遠山奉行への口添え状を頼むと、路銀を借り受けて江戸に入った。

気がかりなのはお美津のその後である。

兼吉が無事に伝えていてくれたなら、実家に身を寄せているはずだ。

そう思い青山の実家に走り込んだが、お美津はおろか何の報せもないという。

尾花沢代官所の江戸詰の二人が訪れたことがあると聞いて、三之助は旅装を解くどころではない。大辻代官の屋敷に駆け込もうと思ったが、ひとまず長沼道場の多門様に助言を仰ごうと、橋本町に向かった。

道場に多門慎吾はいなかった。

日も暮れかけていたので、奉行所からは下がっているはずである。

「もしや？」

と思い、馬喰町の鈴屋に足を向けた。

──多門様は、鈴屋の女将とは顔馴染みで、よく立ち寄られていたな……。

鈴屋の暖簾を潜り声を掛けると、のっそり出てきた女中のお亀に、

「長沼道場の門弟です。多門様がお立ち寄りになってはおられぬだろうか」

と訪《おとな》った。

「いいえ。今日はまだお見えにはなってませんけど」

そっけなく言われ、「さようか……」と肩を落として帰りかけた時、背後から声をかけられた。

「あの、もし」

振り返ると女将のお寿々だった。少しふっくらとしたようだが、美しさは以前三之助が目にしていたころと変わらない。

三之助は畏《かしこ》まって一礼した。

「多門さまなら、これからお見えになるかもしれません。どうぞ、お上がりになってお待ち下さいな」

「かたじけない。それではお言葉に甘えて」

見れば旅塵にまみれた旅姿だ。

お寿々はお亀に言って足濯《あしすす》ぎの桶を出させた。

上がり框《かまち》に腰掛けて草鞋《わらじ》を解く若侍の横顔をみながら、お寿々は胸騒ぎをおぼえた。

「さしつかえなければ、お名前を」

「これは失礼いたしました。若年のころより多門さまに稽古をつけていただきました楠部三之助と申す者です」

「まぁ！　では、尾花沢の……」

驚いたのは三之助も同じである。

「なぜ、ご存じで……？」


お寿々は下代部屋に三之助を招き入れた。

吉兵衛たち男手は湯屋に出掛けている。

手焙《てあぶ》りを勧めてから、お寿々はおもむろに、慎吾が手負いの兼吉を担ぎこんだ一件を話してきかせた。

「兼吉が⁈」

三之助の驚きは尋常一様ではない。

お寿々は、意識を取り戻した兼吉から駕籠訴に及ぼうした事情と、三之助の事を聞いたのだと言った。

「それで兼吉は、いまどこにいるのだ」

と、お寿々は答えて、
鈴屋に出入りする橋本町の願人坊主の元締のところに預かってもらっている

「ご案内いたしましょうか？」

「ぜひ！」

三之助は腰を浮かして、案内に立つお寿々の後に従った。

そのときだった。

暖簾を潜ってきた二人の武士が、大声で呼ばわった。

「誰ぞ、おらぬか」

お梶が早足で出て来る。

「われらは、勘定奉行所の……」

と山崎が言いかけたとき、下代部屋からお寿々とともに出てきた三之助と目が合った。江戸出府御用のときに面識がある。

「おぬし……楠部だな」

三之助は一瞬たじろいだ。

気色ばんだ山崎と宮下は、土足のまま上がりこもうとした。

「お待ちください！　いかに御勘定所のお役人とて、土足のままでお上げするわけにはまいりませぬ」

凛《りん》としたお寿々の声と態度に、二人は一瞬気圧《けお》されたが、

「その者に用がある。邪魔立ていたすな」

怒声で威嚇《いかく》した。

「この御方は、当公事宿でお預かりいたします訴人にございます。是非にとあれば、差紙（召喚状）をお見せくださいませ」

咄嗟の方便で嘘をついたが、事情を知るだけにお寿々も易々《やすやす》と三之助の身柄を渡すわけにはいかない。

「猪口才《ちょこざい》な！　主《あるじ》を出せ主を！」

「当鈴屋の主は、わたくしでございます」

「うぬう……」

「差紙をお持ちでなければ、お出直しくださいませ。公事宿は預かり人を無闇に他出させぬようにとの御定法がございます」

押し問答になった。お寿々も必死である。

「ぬかせ！　我等は勘定奉行所の属僚ぞ！　さようなものは必要ない」

「我等が身分は、そこな楠部が承知しておる。問答無用じゃ」

お梶とお亀がおろおろと成り行きに息を詰めている。

「楠部、何とか言わぬか！　手代の兼吉も一緒だな」

「兼吉はおりませぬ」

「嘘をつけ、ならば家捜しするまでじゃ」

宮下が、さすがに草履《ぞうり》は脱いで走りこんだ。そのまま二階へ上がっていく。

山崎が刀の柄に手をかけて三之助を睨《にら》みつけていた。

その背後で声がした。

「取り込み中かい」

暖簾を潜ってきた多門慎吾だった。

「多門様」

三之助が悲鳴に近い声をあげた。

八

さすがに慎吾も一瞬驚く目になったが、態度に動揺は見せなかった。

「てえことは……お前さんが山崎か、いや、それとも宮下か」

名指しされて山崎は、恐怖と怪訝《けげん》のないまぜになった目を剥《む》いた。

護持院の原で慎吾の顔に見覚えがある。

だが名前まで知っているはずがない。それが不気味だった。

慎吾の後ろから顔を出した下っ引きは、目顔で促されてまた外へ飛び出していく。

「気になって来てみれば、この騒ぎか……」

階段を踏みならして宮下が駆け降りてきた。

「おらんぞ、どこにもおらん」

だが、玄関の異様な光景に足を竦ませて息を飲んだ。

「山崎……これは、どうしたことだ」

宮下も慎吾の顔には見覚えがある。

「役者が揃ったようだな。どうりで奉行所には戻らねえわけだ」

「町方が首を突っ込むことではない。勘定奉行所内のことだ。引っ込んでいてもらおう」

山崎が吠えた。

「それが事情は変わってるんだよ」

「なにい」

「お前さん方二人は、もうすでに代官所の属僚じゃねえ。無役の小普請御家人に逆戻りだ。公事方の遠山奉行から罷免状が出たぜ」

「たっ、たわけたことを！」

「あいにく、俺が見せてやれねえのは残念だが、なに、おっつけそれを携えた町方同心が捕り方を連れて駆けつける。首を洗ってここで待つんだな」

山崎と宮下は愕然と顔を見交わした。

「のみこみが悪いようだから教えてやるが、お前たちがつるんでいた相沢の尾花沢のでっちあげ事件は、すでに大辻代官と御奉行の知るところとなった」

山崎と宮下の顔色が変わった。血の気が失せて顔面蒼白である。

「そうなりゃ兼吉の殺傷未遂の張本人のお前たちは、町奉行所の扱いだ。さっそく勘定奉行所に迎えに行ったが、待てど暮らせど戻っちゃこねえ。それで組屋敷で網を張っていたんだが、俺は鈴屋が気になって顔を出してみれば、なんとまあ、お誂《あつら》え向きに芝居で言やあ大詰だ。どうだ。これで得心がいったかい」

山崎と宮下は、同時に抜刀した。

お梶の悲鳴があがり、お亀は腰を抜かした。

「三之助！　お寿々はまかせたぞ」

慎吾も腰の大刀を抜き放った。

「動くんじゃねえ。大事な証人だから命までは取らねえが、腕の一本はなくなるぜ。兼吉の痛みを味わってみてえか！」
山崎と宮下は慎吾に対峙《たいじ》した。
その間に三之助がお寿々を下代部屋に引き込み、これも抜刀して部屋口を護る。
奇声を放って山崎が斬り込んできた。同時に宮下が突きを入れた。
慎吾は素早く身を引いて暖簾の外に飛び出していた。
表で、立て続けに絶叫があがった。
刀身を打ち合う音すら聞こえない。
慎吾の一撃必殺の真貫流の敵ではなかった。
山崎と宮下は、斬り落とされた手首を押さえながら、玄関に転がりこんできた。
噴き出す血飛沫《ちしぶき》をみて、お亀が卒倒した。
慎吾が暖簾から顔を出した。
「お梶、玄順を呼んでこい。こいつら二人、死なせるわけにはいかねんだ」
お寿々が走り出てくる。
「慎吾さま」

「済まなかった。外で始末をつけるつもりだったが、玄関口を汚してしまったぜ」

苦笑する慎吾の胸に、お寿々は走り込んでいた。


控えの間で、幇間たちに囲まれ水揚げの略式の儀式をすませた茜屋喜兵衛は、遣り手婆に案内されて寝間にはいった。

紅染の三ツ布団の前で、目の覚めるような紅染の長襦袢をまとった紅川が、三ツ指をつかえて迎えた。

「おうおう、まさに吉祥天女《きっしょうてんにょ》か聖観音だな。いや、紅花観音というべきか。わたしも商いに精を出した甲斐があったというもの。紅花様様じゃ」

喜兵衛は、満面に好色の笑みをたたえて、紅川の手をとった。

抱き寄せて口吸いしようとすると、紅川は恥じらいに顔を背けて喜兵衛の胸にしなだれかかった。

「恥ずかしゅうありんす。お床のなかで……」

含羞《がんしゅう》のか細い声が、喜兵衛の色情をそそる。

紅川にしてみれば、遣り手婆に教わったとおりの、遊女の手練手管《てれんてくだ》のひとつである。

紅川は、いやお美津は、もう運命《さだめ》に抗《あらが》うことはやめた。

年季が開けたら故郷へ帰ろう。

その時はもう、父も三之助も無実の罪で命を儚《はかな》くしているかもしれない。兼吉もあれから姿を見せない。希みのすべては水泡に帰したのかもしれなかった。

この先十年、浮川竹《うきかわたけ》の苦界の務めを生き抜き、亡き縁者の菩提《ぼだい》を弔《とむら》うのが、せめてもの生き甲斐だと心に決めた。

そして、朱色のさす紅花畑に包まれて後を追う。

真紅の長襦袢を脱がされ、肌襦袢ひとつにされたとき、お美津は郷里の紅花畑が旋風に吹き散らされる思いがした。

だがもう、涙は溢れてこない。

紅花大尽の酒の臭いが鼻に迫り、大きな手が胸元に差し込まれる。それが乳房に触れたとき、

——三之助さま!

と叫ぶ遠い自分の声を聞いた。

喜兵衛の昂奮の息づかいが耳にかかる。

「可愛いお前を、最上紅花に染めてあげよう」

囁く喜兵衛の裸体がのしかかってきた。

お美津は生人形のようにそれを迎える。

お美津は観念の目を閉じた。

そのときだった。

背後の襖《ふすま》が開いて、静かな声がした。

「お楽しみのところ野暮だが……」

男の声に、喜兵衛はぎくりと振り向いた。

二階回しの男衆《おとこし》の言い方ではない。

「誰だね」

喜兵衛は不快も露わに半身を起こした。

「そこから先は、お仕置き場でやってもらおうか……」

慎吾だった。

鈴屋に捕り方とともに駆けつけた寛十郎から、茜屋が吉原に水揚げに出掛けたようだと告げられた。兼吉から、お美津が一文字屋に身を売った事情を知っているお寿々は、「もしや！」と慎吾を促したのである。

寛十郎と三之助とともに吉原に繰り込み、一文字屋の内所に踏み込んでみれば、茜屋は紅川と床入りしたばかりだという。

慎吾は妓楼主をどやしつけて、今まさに花を散らさんとするお美津の寝間に入ったのだ。

喜兵衛は紅川から体を離して、声の主に向き直った。

見れば町方の同心だ。大門《おおもん》すぐの面番所詰の役人が、吉原に逃げ込んだ犯罪人を追って宿改めにきたのだと思った。

「無粋な御役人だ。わたしが誰だか知ってのうえでのことですかえ?」

「十分承知のうえだ……」

慎吾の背後で、立ち上がった男の声だった。

勢いよく襖が開け放たれた。

数人のものものしい人影がある。

「尾花沢代官、大辻十内である。石田村利兵衛と結託せし、そのほうの所業、すべては明らかとなった。潔く縛《ばく》につけい」

「な……?」

喜兵衛は絶句した。後の言葉も出てこない。

「お美津どの！」

代官の背後から走りこんで来たのは三之助だった。

「その声は……三之助さま！」

「お美津どのっ！」

三之助は喜兵衛の体を突き飛ばして、お美津を抱きしめた。

急転直下、二年越しの中谷村をめぐる汚職事件は落着した。

勘定奉行所の巡検使が尾花沢代官所に到着したのは、まさに宗右衛門が不当に斬首刑に処せられる寸前であった。

大辻代官は、願い出通り勘定支配役の兼務を解かれ任地へ返り咲くことになった。

奥州街道の宿駅・千住宿まで慎吾とお寿々は見送りに出た。

旅姿の三之助とお美津が寄り添う後ろに、兼吉の姿があった。

「粛清《しゆくせい》なった尾花沢は、これで息を吹き返すだろう」

慎吾は一行を見送りながら、お寿々の耳にそっと囁いた。

「それにしても、お寿々があそこで踏ん張っていなければ、どうなっていたか知れない。いや、見直したぞ」

お寿々はぽっと目の下を染めて、慎吾の腕に腕を絡め、恥ずかしそうに言った。

「慎吾さまが、来てくれると信じていたからです」

縋《すが》った慎吾の腕が、着物越しにお寿々の胸に触れていた。

「お美津さんが、羨ましい……」

「花野も、もう終わりだが、薄《すすき》の原で月を愛《め》でるか」

添い遂げられる二人の後ろ姿を見送りながら、慎吾は気恥ずかしそうに言った。

まだ明るい西の空に、十三夜の月が雲間から姿を現していた。

第四話　千両の夢

一

「ゆんべはまた、派手にやらかしたもんだねえ」

「お蔭で、あたしらは退屈しないですんだけどさあ」

今朝方、井戸端で相長屋のおかみさん連中から冷やかされたお繁《しげ》は、亭主の又《また》八《はち》に殴られた右目の青痣《あおあざ》が消えないので苛々していた。

「これじゃ、店にも出られやしない」

お繁は本所菊川町の一膳飯屋に勤めている。暮れ時になると職人相手に酒を出すので、もっぱら宵時の給仕女として働きに出ていた。

三十を二つほど出ていたが、若い頃には男出入りも激しく、それなりに男心をくすぐる色気はまだ残っていたし、客捌《きやくさば》きも慣れたものだった。

お繁を目当てに通ってくる客たちも少なくなかったので、店では重宝されていた。

亭主の又八は紙屑屋《かみくずや》で、お繁より二つ下の三十歳。ふだんは口数の少ない小心者だが、酒がはいると豹変する。

それも外では飲まず、一人でちびちび飲《や》っていたから、勤めから帰ってくる女房のホロ酔い機嫌の姿を見ると、焼餅も手伝って喧嘩になる。

「なんだい！　好きで酔っぱらいの相手をしてるんじゃなし。おまえさんの僅かな稼ぎを補おうと勤めに出てるんじゃないか。悔しかったら表通りに店を構えるほどになってごらんな！」

お繁も負けてはいない。

九尺二間《くしゃくにけん》の裏店《うらだな》とはいえ、ここはお繁の両親が借りてくれた所だ。浮いた浮いたで娘盛りを過ごしたお繁だが、男運には恵まれず、行く末を案じた両親が、又八と所帯を持たせ腰を落ちつかせた経緯があった。

当時、又八は下総《しもうさ》の在所から江戸に憧れて出てきたが、仕事にあぶれ紙屑拾いをしていた。籠《かご》を片手に長い箸で道端に落ちた紙屑を拾って歩く商売で、頬被りに裸足《はだし》という情けない恰好だった。

ある日、行き倒れて深川佐賀町の小さな下駄屋の老夫婦に介抱された。それが、お繁の両親だった。

しばらく下駄屋の手伝いをさせて面倒をみていたが、口数こそ少ない男だが真面目によく働く。こざっぱりとした身形《なり》をさせると、湯屋や髪結床から帰ってくる又八は、なかなかの男前である。

料理茶屋の住み込みの仲居だったお繁が、時折り両親の店に顔を出し、又八に満更《まんざら》でもない素振《そぶ》りをみせた。

お繁は『面食い』である。これまで付き合った男たちは、商家の若旦那から町火消しまで、いずれも男前ばかりだったが、結局最後には他の女に走られて悔しい思いをしてきた。

「どうだい、又八と所帯をもって、そろそろ身を固めてくれないか」

と父親に言われ、お繁もその気になった。

——あたしも、そろそろ三十の大年増《おおどしま》だ……。

世間体もあるし、とその気になったのが三年前だった。

父親は下駄屋を出すまで、『紙屑買い』をして二人の娘を育てあげた。

昔のつてで古紙問屋の親方に口をきいてやり、又八を紙屑買いにしてやった。

『紙屑買い』と『紙屑拾い』は大違いである。

紙屑拾いは髷《まげ》も結わず斬髪のまま頬被りをし、肩に継ぎの当たった粗末ななりで尻端折《しりはしょ》り、袋を持つことさえ許されていない。

杖ほどの箸で食ってる屑拾いと蔑《さげす》まれた最下層の商いである。

ところが『紙屑買い』となると、髷も結い縞の着物の尻からげの下も股引きで草履《ぞうり》ばき、天秤棒《てんびんぼう》の前後に丸籠を下げて廃品を買って歩く。いわゆる『屑屋』で、扱うのは反故《ほご》及び古帳だけでなく、古着、古器、古銅鉄の類は秤《はかり》にかけて買った。

こうなるとまっとうな商売である。それなりの世間体も整う。

とはいっても無宿者に嫁がせるわけにもいかないので、人別請けをして晴れて良民に加えてやった両親は、持参金もつけて所帯を持たせたのだ。

それが紙屑買いの元手だった。

だから又八は女房に頭があがらない。

だが、その鬱屈《うっくつ》は酒が入ると表に出た。お繁も、そんな亭主の気持ちが分からぬではない。喧嘩がおさまると次の日はもとの小心な働き者に戻るので、我慢するしかなかった。取っ組み合いの喧嘩になるのもしばしばだが、それはそれでお繁も日頃の鬱憤を晴らすことにもなったので、どっちもどっちだと思っている。

それが昨夜の喧嘩は、いつにもまして派手なものになった。顔に痣までつくったのは初めてのことではないが、今度ばかりはさすがにお繁も腹にすえかねていた。

夕餉《ゆうげ》の米を研ぐのも忘れて、昼間から茶碗酒をあおっていた。

どぶ板を踏みならして、歓声をあげる長屋の子供たちが勢いよく走り抜ける。大工や左官の仕事から戻った父親と湯屋に出掛ける時分だった。

――せめて子供でも出来ていれば、夫婦仲も、もう少しうまくいっていただろうに……。

と思うお繁だが、これればかりは天からの授かりものだ。派手な喧嘩をする割には夜の夫婦の営みは睦《むつ》まじいものだった。

「お繁さんとこは、床《とこ》の中が睦まじすぎるから派手な喧嘩になるんだよ」

と相長屋のおかみさんたちから冷やかされてきた。

「いやだよう。まさか聞き耳立てて覗いてるんじゃないだろうねッ」

と照れ隠しに言い返すお繁も、まんざら悪い気はしない。

だが、時折り妹の身を案じて顔を出す姉のお梶は、

「あんな亭主とくっついてたって、一生うだつがあがらないよ。いっそ別れたらどうなのさ」

と離縁を煽《あお》っている。

「なんなら、あたしが世話してやってもいいんだよ」

というお梶は、馬喰町の公事宿『鈴屋』の女中頭で、近在から公事事で宿泊する客のなかには身上も豊かなやもめがいると、妹をそそのかしている。

いつだったか、取っ組み合いの派手な喧嘩の最中に踏み込んできたお梶が、二人を引き離し、鈴屋までお繁を連れていったことがあった。

翌日、酒の抜けた又八が、しょんぼりと女房を迎えにきた。

それ以来、お繁が鈴屋に駆け込んだのは二度や三度ではない。

――姉さんに口を利いてもらって、いっそ鈴屋の女中に住み込もうか……。

とも考えた。

離縁までは考えていないが、二、三カ月も戻らなければ、少しは又八の酒乱も治まるのではないかと思うのだ。

そんな思案を巡らしているところへ、がらっと勢いよく戸口が開いて、又八が蒼白な顔で飛び込んできた。

「どうしたのさ？」

お繁が声をかけるのにも応えずに、又八は土間の水瓶の蓋をあけ、杓《ひしゃく》で勢いよく立て続けに水を飲んだ。

「お繁ッ、戸を閉めろッ」

「え？」

「さっさと戸を閉めろと言ってるんでえッ」

その剣幕に煽られて、お繁は裸足で土間に駆け降り、腰高障子を閉めた。

「心張り棒も当てろ！　誰も入《へえ》ってこれねえようにしろッ」

お繁は言われた通りにした。

「……まさか、おまえさん」

お繁は不安になった。外で悶着を起こして誰かに追われて逃げてきたのか、それとも人を傷つけてきたのかと酔いも一気に吹っ飛んだ。

又八は、お繁の飲み残しの茶碗酒を手にしてあおったが、空である。

酒徳利に手をのばして振ったが、わずかしか残ってはいない。

「お繁……酒を買ってきてくれ。それとな、屋台から上等の天ぷらと握り寿司を買ってくるのも忘れるな」

「そんなお金がどこにあるのさ」

「か、か、金なら腐るほどあらあ。いいから言われた通りにしろッ」

まさか他人様《ひとさま》の金を盗んできたのではないかと、お繁は気が気ではない。

「それじゃ、お足を出しとくれよ」

お繁は恐る恐る言った。

「い、い……今はねえ……でもよ、ああ、明日になれば腐るほどの金が……」

「どういうこと？」

「人心地ついたら話してやる。ともかく酒でも飲まねえ限り、話せるもんじゃねえ……早くしろよッ！　手元に銭がねえなら、着物でも腰巻きでも質にいれて買ってきやがれってんだ！」

息巻く亭主に、お繁は仕方なく竈《へっつい》の裏の壺に隠していたへそくりの巾着袋《きんちゃくぶくろ》を手に、出掛けていった。

様子からすると、他人の金をくすねたり道端で財布を拾ったようでもなさそうだ。

買い取った屑のなかに掘り出し物でも紛れ込んでいたのではないかと思い、お繁は多少は気が軽くなった。

又八は、酒徳利ごと口に当てて残った酒を一気にあおった。噎《む》せながら胸を叩き、そして畳に大の字になって、心のうちで快哉《かいさい》をあげた。

——やった！　千両だ！　やっと運が転がりこんできたぜ！　貧乏暮らしともこれでおさらばだ……これで俺を馬鹿にしやがった連中を見返してやれる。

涙が溢れて耳に伝い流れるのもそのままに、又八は咽《むせ》び泣いていた。

二

「布袋《ほてい》の二千九百九十八番！」

と富突きの役行事が声を張り上げたとき、又八はまだ自分の耳を疑っていた。この数日間、富札を握りしめながら、自分の番号を呪文のように胸のうちで唱えつづけてきたので、幻聴かと思った。

押しかけた群衆から大きなどよめきがあがった。

富籤《とみくじ》の箱の穴から、長い棒で突いた錐《きり》の先端の木札を手にとった役行事が、興行元の湯島天神の神職たちと、立会役の寺社奉行の役人に当たり札を確認してもらい、書役の筆で黒々と墨書された紙が張り出された。

もはや幻聴ではない。

目の前に輝いてみえる当たり番号は、又八が握りしめている固紙札と同じものだった。それも本日突き止めの大当たりである。

「やったァ！」

思わず大声を出して、又八は躍りあがった。

どよめきとともに、詰めかけた群衆の目が一斉に又八に注がれた。

その視線に、又八は血の気が引いていく戦慄をおぼえた。

気がついたときには、群衆をかき分けて湯島天神の男坂を転がるように駆け降りていた。手にはしっかり当たり札が握られている。

富籤の当たり札は、富突きの翌日から換金されることになっている。

又八が思わず声を発して飛び上がったとき注がれた目が、みんな泥棒の目に見えた。

商売道具の天秤棒も屑籠も境内に忘れたまま、ひたすら走って両国橋を渡り、深川森下町の裏長屋まで駆けとおした。

江戸の富籤は文政にはいって加熱ぎみになり、府内近郊あわせて三十一ヵ所という盛況ぶりである。なかでも人気のあったのは、目黒不動と谷中の天王寺（感応寺）、それと湯島天神で、江戸の三大富籤と言われた。

もともと寺社の修築費用を捻出するというふれこみで、公儀に許可された富籤興行だったが、今ではそれは名目だけのことで、またとない寺社の副収入になっていたし、管轄の寺社奉行所に入る冥加金《みようがきん》もばかにならない。

この頃の江戸では、毎日といってよいほど、どこかしらの寺社で富籤興行が行われていた。武州一の宮の平川天神などは三、六、九、十二月と一年に四回も興行していた。

大抵は百両が突き止めで、一番札が十両、そして二番札が五両。そこから百回突くうち十番ごとに二割増し三割増しと金額もあがり、五十番は破格の三十五両、そして百番目の突き止めが百両ということになっているが、寺社によってまちまちで、前後賞などもあって後世の宝くじに似てくる。

多くても百両か百五十両が、突き止めの当選金になっていたが、三大富籤といわれた前述の三カ所では、五百両というのもしばしばで、それだけに江戸庶民の射幸心をいやが上にも煽っていた。

『鶴亀』『松竹梅』『七福神』など、各組五千枚から九千枚が、市中の小屋掛けで売られる。

それが、今度の湯島天神の富籤は『突き止め千両』ということで、一攫千金《いつかくせんきん》を狙う庶民は富札買いに殺到した。売出し当日の富札は即日完売という大盛況であった。富札の売値も発売枚数も普段より多いにもかかわらずだ。当選金額も平川天神の十倍ということで、誰しもが俄大尽《にわかだいじん》の夢を買った。

富札は安いものではない。始まった当時の享保《きょうほう》年間（一七一六〜三六）で一分（一両の四分の一）はしたが、下って文政年間になっても一枚二朱（一分の二分の一）はした。庶民が易々と買える値ではないので、いわゆる仲間買いが盛んになり、それでも手の届かない裏長屋のおかみさんや子供を相手に『影富』なるものまで流行した。

これは本籤の当選番号の末尾を切り捨てて当たりとするもので、売値も安いが当選金も少ない。それでも確率は高いので、本籤を買えない庶民には人気があった。

売り歩くのは瓦版屋《かわらばんや》が多かったが、元手さえあれば誰でも元売りをやれた。

もっとも違法であるから、露顕すれば従事した者は後ろに手が回る。

それでも庶民のささやかな夢であるから、よほど加熱しないかぎり公儀は大目にみていた。

実は又八は、この影富売りの売り子として、紙屑屋の脇商いで裏長屋を回っていた。

影富元は出入りの古紙問屋の番頭で、又八は僅かな金を女子供から集めて帳面につけ、上がりを番頭に収めて涙金ほどの手間賃を貰う。

当選金を配るのも又八の役目であったので、扱う影富の当たり番号を確かめるのも仕事のうちである。それで、富突き当日の湯島天神へ、いつものように顔を出したのだった。

又八の懐には、廃品買いの元手資金のほかに、この影富の売上げと配分すべき当選金が、数日『遊んで』いるときがある。

その金を一時流用して『本富』の札を買い、ときには相長屋の連中を誘って富籤を仲間買いしたりと回してきたが、いずれも外れ籤ばかりで、肩身の狭い数年を送ってきた。

それが、思いがけなく今度の突き止めである。

「千両だ！」

又八が思わず大声を発したのも無理はなかった。

昂奮を身のうちに抱えきれずに、酒を買ってきた女房のお繁から、ひったくるように徳利を奪って、ぐびぐびと喉に流し込んだ又八は、

「肴は？」

と据えた目になって念を押した。

お繁が応える間もなく、屋台から豪勢な料理が届けられた。

それを運びこんで、再び戸を閉め心張り棒をしてから、お繁は向き直った。

「さあ、どういうことなのか話してもらおうじゃないか」

お繁は、茶碗に酒を注ぎながら促した。

又八は一気に飲みほし、けたたましく笑った。

「お繁。俺と別れてえか」

と、酔いが回りはじめた目で言った。

「なんだい。また始まったね。あたしゃ言われた通りにお膳立てをしたよ。わけを聞かせてもらおうじゃないか」

お繁は、もう酒の相手をする気にはなれず、きっちり座って真顔で問いただした。

「聞いて驚くな。湯島天神の富籤で、突き止めの札を当てたのさ」

「……ええっ」

さすがに、お繁も驚いた。

「明日になりゃあ千両が……いや、八百両がとこ、俺のふところに転がりこんでくる……ざまァみやがれ」

又八は、酒で濁った目でお繁を睨《にら》み付けた。

当選金は、寺社の祝儀やらを二割ほど納める仕来《しきた》りだから、手取りは八百両になる勘定だった。

「こうなったからにゃ、今すぐにでも三下《みくだ》り半《はん》を書いてやるぜ」

三下り半とは離縁状のことである。

書式が三行半が定番のため、この名があるが、それは亭主の一方的な決別の言い渡しとは違う。むしろ女が再婚するためには必要欠くべからざる公正証書のごときものであった。

これまで尻に敷かれどおしの又八は、離縁するにも持参金すら返せない。俄大尽になったからには、ここで男になって目いっぱいの見栄が張りたかったのだ。

「お前さん、本気でそんなことを言っているのかい！」

「ああ、本気も本気《けえ》だ。こうなったからには、手前の持参金なんざ鼻くそも同然だ。耳を揃えて返してやるから、とっとと出ていきゃアがれ」

「ふんっ、ここは、あたしのお父っつぁんが借りてくれたとこだよ。出てけと言うのなら、お前が出ていきやがれっ」

売り言葉に買い言葉である。お繁も負けてはいなかった。

「なんだとっ」

たちまち、とっくみ合いの喧嘩になった。

「ちきしょう、その金で吉原に入り浸りになんか、させるもんかッ」

土間に酒徳利が叩き割られるやら、屋台の料理が舞い上がるやらの大騒ぎになる。髪を摑まれて引き回されるお繁の悲鳴を聞いて、相長屋の連中が踏み込んできた。

「二人とも、いいかげんにおしよッ」

「お繁さんッ」

組んずほぐれつのところを引き離されて、又八は、

「二度と戻ってくるもんけえ」

捨て台詞を残してどぶ板を踏みならし、裏木戸を飛び出していった。

その夜。暖簾《のれん》をしまって中に入りかけたお寿々の背に、息もあがった男の声がかかった。

「女将《おかみ》さん……どうぞ、今夜は泊めておくんなさい」

「まぁ、又八さんじゃないの。どうしたんです？」

いつも駆け込んでくるのは女房のお繁のほうなので、お寿々は少し躊躇《ためら》ったが、追い返すわけにもいかない。

とりあえず中に入れて、清六たちに大戸を閉めさせた。

知らぬ仲ではない。湯屋からお梶が戻るまで女中部屋で待たせることにした。

又八が逃げ込んだのが、お梶のもとだったとは皮肉である。

日頃から、「三下り半の書き方を知らなかったら、いつでも代筆してやるよッ。うちは公事宿だからお手のものさ。おまえさんは爪印だけ押しゃあそれでいい。性懲《しょうこ》りもなく妹に手をあげるのを止めないんなら、さっさと書いとくれ。でなきゃ再嫁《さいか》も出来ゃしない」とまくし立てられていた又八だった。

湯屋から戻ったお梶に、「すんません……他に行くところもなくて……」と、借りてきた猫のように縮こまっている。

夫婦喧嘩のわけを聞かされて、お梶は素《す》っ頓狂《とんきょう》な声をあげた。

「なんだって？　千両だァ」

三

その夜お梶は、お寿々に訳を話して、下代部屋に又八を泊めてもらった。

「しょうもない。俄お大尽になって気が大きくなったんですよ」

「それじゃ、本気でお繁さんと別れる気はないのね？」

「それが煮えきらないから癪《しゃく》にさわるんですよ。大見得切って飛び出してきたし、お繁も、もう元の鞘には戻る気はないかもしれない……いっそ、このまま別れたほうがすっきりするんじゃないかって、まぁよりによって、あたしにどうしたもんでしょうかって、こうですよ！」

お梶は憤慨に小鼻を膨らましている。

「これまで妹に別れろ切れろって煽ってきたあたしですけど、突き止め千両を当てたんなら、また事情も違ってくるし。いえ金がどうのというわけじゃないんです。身につけない大金を手にして、はたして夫婦仲がこの先どうなるかって心配のほうが先にたちます。ほんとにどうしたもんでしょうねえ」

「お繁さんは、又八さんがここに来てることを知っているのかしら？」

「まさか。知ってるなら、とうに後を追ってくるでしょうし」

「とりあえず、明日の朝はやく様子をみてきたらどう？」

「ええ……、そうさせていただきます。先行きがはっきりするまで、しばらくここに置いていただいても、よろしいでしょうか？」

「それは、かまわないけれど……」


翌日。鈴屋に顔を出した多門慎吾に、お寿々は昨夜の又八の一件を話した。

「そりゃ豪勢だな」

「こんな時、男の人の気持ちはどうなるもんですか？」

「そりゃ人にもよるだろうが、千両あれば一生遊んで暮らせる。まあ紙屑買いの仕事には戻るまい」

苦笑するしかない慎吾である。

「お梶が言うには、小奇麗な仕舞屋《しもたや》でも買って、贅沢三昧《ぜいたくざんまい》で吉原に通いつめるに違いないっていうんですよ。そうなりゃ古女房なんざ口煩《くちうるさ》いだけの厄介者だから、さっさと三下り半を書くだろうって。お梶にしてみれば、それも悔しいらしくて」

「まあ、男なら大抵は、そんなことになるかもしれねえ」

浮かばないことさ」

「おいおい。富籤一枚買ったこともない俺には考えも及ばないことだ。夢にだに浮かばないことさ」

微苦笑を返して茶を啜《すす》っていると、

「おっ、お嬢さんっ！　な、な、長屋が大変なことになっちまってるんですッ」

血相変えたお梶が駆け戻ってきて言うには、お繁のところに昨夜から大勢の人が押しかけて、身動きもとれないことになっているという。

昨日、湯島天神で大声を放った又八を、顔見知りの者が目撃して噂が噂を呼んで広がったものらしい。

突き止め千両を換金に湯島天神へ出掛ける又八を神輿《みこし》にしたてて、お零《こぼ》れに与《あず》かるつもりなのだろう。普段たいした付き合いもない連中から、名前も知らぬ見たこともない遠縁の者までが祝いにかけつけ、お繁は応対にてんてこまいなのだという。

「それを知った相長屋の連中も朝から押しかけ、大家さんまで揉みくちゃになって騒ぎを鎮めるのに大慌ての様子で、あたしゃ中にも入れない有り様でした」

「とんだことになってしまったわね」

「お繁は、亭主は留守にしてますからと懸命に言い訳してますし、そんなところへあたしが又八を預かってるからって連れ出すわけにもいかず……第一誰も帰ろうとはしないんです。みんなして又八をどこかに匿《かくま》っているんだろうと言い出す始末で」

「それで、当の又八は……どうしているんだ？」

「朝から下代部屋に引きこもったままです」

慎吾に応えるお寿々も当惑を隠せない。

「ともかく、やたらに表に出るなと言ってきます」

お梶が、あたふたと走り出していった。

「お寿々、又八を念のため朴斎のところで預かってもらっておいたほうがよかねえか？」

「えっ」

「又八が鈴屋に駆け込んだと勘繰る連中がいないかということだ」

「夫婦喧嘩で、お繁さんが鈴屋に引きとられたことのあるのを知ってるおかみさんがいるかもしれないけど……まさか又八さんがここにいるとまでは……」

「用心に越したことはないぞ。俄大尽によってたかって毟《むし》り取ろうって手合いも混じってるだろう。お繁の縁につながるところへも、やがて繰り込んでくると見たほうがよさそうだ」

お寿々も落ちつかなくなった。

「俺が奉行所に戻るついでに朴斎のところに顔を出して、事情を含ませておこう」

「は、はい」

立ち上がる慎吾の後について、お寿々は下代部屋に向かった。

お梶に長屋の異変を聞かされて、又八は肝《きも》を潰した。

お寿々が入ってきて慎吾の思案を告げると、お梶は尻を追い立てるようにして裏庭伝いに橋本町の願人坊主長屋に急き立てた。

「女将さん……」

と泣きそうになる又八に、

「大丈夫。あなたが鈴屋に来たことも、移った先も一切口外はしないから、しばらくは出回らないほうがいいわ」

と、お寿々が請け合った。

慎吾の言葉が取り越し苦労ではなかったことが、その日の午後になってわかった。

又八とお繁が住む森下町の孫右衛門店《まごえもんだな》の大家、源兵衛《げんべえ》が鈴屋を訪ねてきたのである。

迎えたお寿々は下代部屋に通した。

長屋で身動きのとれないお繁に代わって、又八の立ち寄りそうなところを回っているのだという。又八が元は下総無宿であったことを知る大家は、最初、深川佐賀町のお繁の両親の下駄屋を訪ねたが、匿っているどころか、又八が湯島天神の突き止め千両を当てたと聞いて度肝を抜かしたという。

隠し事のできない善良な老夫婦なので、大家はその足で鈴屋に足を向けたのだと言った。

「こちらには、お繁の姉のお梶さんがご奉公しておりますし、二人の夫婦喧嘩の際には、時折りお繁がご厄介になっていたことを耳にもしておりましたから、もしやと思って伺ったのでございますが……」

言って、大家はお寿々の顔色を窺っている。

お寿々は丁重に応対しながら空惚《そらとぼ》けたが、隠しごとの上手な性格《たち》ではない。大家に見抜かれるのではないかと心中はらはらしながら、極力目を合わせるのを避けた。

「そうですか……いったい、どこへ行ったやら。出入りの古紙問屋の番頭さんも押しかけてきておりましたから、そこでもなし。日頃から、たいした人付き合いもない又八でしたし……はて、鈴屋さんにお心当たりはございませんか？」

「ございません。お繁さんをお預かりしたことはございますけれど、又八さんは迎えにくるだけで、あたしもそう親しい間柄というわけでもありませんし」

「お梶さんは？」

「又八さんが訪ねて来たとは言っておりませんでしたが……」

「そうですか。もし、こちらへ又八が顔を見せるようなことがありましたら、そっと手前にだけでも知らせてくれるように伝えてもらえませんか？」

「承りました」

それで引き取ってくれるものと、お寿々はほっと胸をなで下ろしたのだが、

「実は長屋で、又八の当たり籤を巡って悶着が持ちあがりましてな」

「悶着？」

「はい。こんどの湯島天神の富札を、相長屋の連中が金を出し合いまして二枚ほ

ど買いました。あたしも、二枚の半分ずつ乗りました。富札は又八が買って持っております。つまり、当たり籤は又八一人のものではないぞと、そんなことになっている次第でございまして」

「え？」

「又八が何枚買っていたかまではわかりませんが、みんなで買った二枚のうちの一枚なら、千両はみんなで分けるべきものではないかと……」

「富突き当日は、みなさん御一緒に出向かれたのではないのですか？」

「みんな出職《でしょく》の職人ばかりで、紙屑買いの又八にまかせておりました。それに、大きな声では申せませぬが……又八は本職のかたわら影富を売って歩いておりましたので、富突き当日の寺社には必ず参ります」

「影富……」

「ご存じのように影富は裏長屋の女子供相手のものです。そっちの当たり籤なら、又八の姿が数日見えなくなっても大した騒ぎにはならなかったでしょうが、なにせ千両です。長屋の連中もおさまりがつかないのも無理からぬことで……」

当たり札が又八個人のものか、長屋の仲間との共同購入のものか、お寿々には確かめようもない。

「それで、鈴屋さんが公事宿であったことにはたと思い当たりました。どうでしょうか？　これが又八の猫ばばなら、鈴屋さんに目安（訴状）を作っていただいて、御番所（町奉行所）に持ちこみでもしないかぎり、長屋の連中の怒りを鎮めることは出来ません……お引き受けいただけますまいか」

「それは……」

お寿々は言いよどんだ。とんだとばっちりが舞い込んだものである。

しかし、公事宿の看板を掲げている以上、無下《むげ》に断ることも出来ない。

これが喧嘩ごとや些細な借金のもつれなら、自身番で定町廻り同心の立会いのもと内済にするのが通例なのだが、ことが千両となると、そういうわけにもいかないと大家は溜息をついてみせた。

「下代の番頭が、ただいま馬喰町御用屋敷に出向いておりますので、戻りましてから相談しようと思いますけれど」

「さようですか。それでは明日にでもまた伺うことにいたします。長屋の連中の意向もまとめておかねばなりますまい。なにせ相長屋で共に暮らしてきた連中です。なかには事を荒立てずに話をつけたいと申す者もいるかもしれません」

大家は含みを持たせて、その日は帰っていった。

四

「そんなことになっているのか……」

　八丁堀に帰宅する途次に鈴屋に立ち寄った慎吾が、顔を曇らせた。

「どうしたものでしょう。へたに断ると、又八さんを匿っていることが後々、面倒なことになりそうですし」

「そうだな。ともかく、又八に真偽をただしてみるのが先だろう」

　慎吾はお寿々を伴って、橋本町の朴斎のもとに向かった。


「そったらこと……」

　又八は顔面蒼白になって絶句した。

　願人坊主たちのほとんどは九尺二軒の棟割長屋住まいだが、元締の朴斎は二階長屋に住んでいる。下が土間つきの六畳間で、ここは願人坊主たちの会所になっていたが、二階の八畳は願人坊主たちの商売道具やら衣装の倉庫代わり、三畳が夫婦の寝間になっていた。

　又八は、その倉庫部屋に夜具を与えられて匿われていた。

「大家さんには、みんなの金で買った富札はちゃんと見せて、渡してあります。富突き当日の当たり札は、手前が書き控えて知らせることになってました。どのみち当たり札の換金は翌日からですから、俺が持っていても仕方がねえ……」

「では、大家が嘘をついていることになるが……」

「当たり札は俺が自分で買った、たった一枚の札です。本当です！　神かけて猫ばばなんぞしていません」

と、握りしめた固紙の富札を差し出す。

「間違いありませんよ」

傍らで朴斎が瓦版と見比べながら言った。

富突きの当たり番号は、当日のうちに読売屋が瓦版にして四文で売り出していた。

「大家も千両に目がくらんだものとみえる。大家といえば親も同然とはいうが、親子も糞もあったものではないな……」

「大家さんは、長屋の連中には番号を教えてなかったに違いありません。俺が猫ばばしたと難癖をつけてくる連中じゃありません……」

又八は悔しそうに唇を噛んだ。

「さもしい限りだな……大家が元札はお前が預かっていると言い張って、外れ籤を処分すれば証拠はなくなる」

「それじゃ、店子を煽って公事に持ち込みたいのは大家さんの一存になりますね」

お寿々は、そんな我利《がり》我利《がり》亡者《もうじゃ》のお先棒は担ぎたくなかった。

「これじゃ千両は宙に浮いたままだな……」

朴斎が又八に同情の顔を向けた。

「おめえさんが、金を受け取りにいくのを見張ってる連中が、鵜《う》の目鷹《たか》の目を光らしてるに違いねえ」

「しかし、当たったものを取りにいかぬ手もあるまい」

「どうしたらいいんです」

又八は頭を抱え込んだ。

富籤の当たり札は、次の富突き興行が始まるまでに換金しないと無効になる。

「まあ、しばらく様子をみることだ。いざとなったら朴斎に預けて、願人坊主総出で引き取りにいけばいい」

はっと又八が顔をあげた。目がおどおどしている。

「よせやい。俺たちを大家といっしょにするような目で見られちゃたまらねえや」

朴斎は苦笑して慎吾に目をやった。

「お寿々、大家の申し出を引き受けてやっちゃどうだ」

「慎吾さま」

お寿々は一瞬、耳を疑った。

「おまえが断っても、大家は別の公事宿をたてるだろう。そうなれば公事師が暗躍して、又八を必死になって探し出す。お繁にしてもおちおち往来も歩けないことになるだろう。鈴屋が引き受ければ、そうした連中の動きは止めることが出来ると思わねえか」

言われてみればその通りだった。

「吉兵衛と相談して、うまく立ち回れ。それより、事は大家の訴訟だけでは済まねえような気がしてきた」

「多門の旦那……そりゃまたどういうことで？」

「又八、おまえは影富の売り子もしていたと申したな？」

「は、はい」

「その売上金やら配当金を、そのままにしておろうが」

「え、ええ……」

「たとえ一口百文の影富でも、塵も積もればだ……お前が隠れたまんまじゃ黙ってはおるまい。影富の当たりは十倍返し、二十倍返しと聞いている。それを払わねば買った連中が騒ぎ出すだろう」

「あ……」

「そうなりゃ元売りは、後ろに手が回るから必死に払いに振り回される。どうでもお前を探し出して穴埋めさせるだろう。いや、千両当てた奴なら、それだけでは済ますまい。おめえは二重三重に動きがとれねえ事になる」

又八は喉から絞り出すような声を漏らした。

「こんなことなら……富突きになんざ当たらなけりゃよかった……」

「いまさら元に戻せるわけもなかろう……俺は寛十郎と湯島天神のあたりの様子を見てくることにしよう。お梶に言って、お繁には鈴屋にこさせぬようにしろ。でねえとお繁の身まで危うくなる」

お寿々は、緊張に身を固くして頷いた。

一人取り残された又八は、生きた心地もしなくなった。

まさか、こんなことになろうとは夢にも思ってみなかった。

「一度でいいから、本富を当ててみたい」

他に趣味とてない又八は、それを生き甲斐《がい》に生きてきたようなものだ。

突き止めとはいわない。せめて一番突きの十両、十番ごとの二割増しの当たりでもよかった。それで女房のお繁を見返してやれる。

それが、思いもよらず突き止めの千両に当たって、なにもかもが狂ってしまった。

それも悪いほうに悪いほうに追い込まれていく。

又八は、突き止めの賞金が運び出されて行く光景を何度も目にしている。

決して羨望だけで眺めていたわけではない。

興行元の寺社では、宣伝もかねて当選金を大八車に乗せ、美々《びび》しく飾りたてて鳴り物入りで大勢して送り届ける。

当然人目につくから、町中で祝いにかけつける。行き来もなくなった親類縁者から果ては物乞いまでが押しかけて、ついには店を潰してしまった者がいたことを思い出していた。

まさか自分が、それに近い羽目になるとは思いもしなかった。いや、それ以上の最悪の事態になろうとしている。

――お繁、助けてくれ……！

三下り半で離縁してやると啖呵《たんか》をきった威勢は、とうに吹き飛んでいた。

俺はどうすればいいいんだ。


千両の余波は、お繁までも呑み込んでいた。

押しかけた連中の対応に振り回されて精も根も尽き果て、ついに寝込んでしまった。

相長屋のおかみさんたちが、心配して食事の世話から掃除洗濯まで引き受けるといってくれたが、やはりいつもとは様子が違う。

千両を当て込んでのお為ごかしなのが鼻につく。

お繁はそれが淋しかった。

こうまで人の心は変わるものか。

おかみさんのなかには、亭主と仲間買いした富籤を猫ばばしやがって、と聞こえよがしに言い募る者までいた。

「あたしは、ほんとうに何も知らないんです」

と、おかみさんたちの猜疑《さいぎ》の目から身を護るのがやっとだった。

言ってから、心の奥底で又八を庇《かば》っているのに気がついた。

――千両なんて、もうどうでもいい。どうか無事にいておくれ！

押しかけた連中のなかには、賭場《とば》で元手を貸したというごろつき連中も混じっていた。あの小心者の亭主が賭場に出入りするはずがない。そう信じて疑わなかったが、借用証文を目の前にちらつかせて凄む男たちに、ひたすら平謝りするしかなかった。

「その歳じゃ吉原に身売りして弁償というわけにもいかねえが、夜鷹《よたか》じゃまだまだ稼げるだろうよ」

と値踏みされるように全身を眺められたときには、さすがのお繁も血の気を失った。

たまりかねて大家の女房が迎えにきた。

「これじゃ気の休まる間もあったもんじゃない。あたしのとこへおいで」

と、これもお為ごかしは見え見えで連れていった。

大家夫婦が人質同然に引き取ったとまでは、お繁も思いが及ばない。

だが、ねちねちと探りを入れてくる大家に、さすがのお繁も気がついた。湯屋に行くふりをして、深川佐賀町の実家の下駄屋に走り込んだ。

待っていたのは両親《ふたおや》ばかりではなかった。

見るからに世間の裏で渡世する顔つきの数人が、老いた両親を人質に迫った。

「明日にも、亭主の代人として湯島天神まで金を取りにいってもらおうか」

「そんな、第一、あたしは当たり札なんざ預かっちゃおりません」

「そんなことは、どうでもいいんだ。要は、おめえが又八の女房だってことが判ればそれでいいのさ。当たり札はここにあるんだ」

「えっ」

お繁の不安は頂点に達した。

「それじゃ又八は……」

五

「お寿々さんも、紅葉狩《もみじが》りどころじゃなさそうだな」

南町奉行所・定町廻り同心、白樫寛十郎は、湯島天神の男坂を慎吾と肩を並べて登っていた。

ここからは、上野東叡山《とうえいざん》の鮮やかな紅葉が一望のもとに見渡せる。

二人は、又八が忘れたままの屑屋の籠や天秤棒を確かめにやってきたのだが、寛十郎には別の思惑もあった。

社務所を訪《おとな》うと、境内の庭掃除の老爺が出てきて、屑屋の商売道具は預かったままだと言った。

「誰も引き取りにこなかったのかい」

と慎吾が問うと、古紙問屋の番頭と名乗る男が三人連れで一度顔を出したが、本人が取りにくるまで、そのまま預かってくれと言って引き返したという。

影富の元売りが確かめにきたのだろう。そのままにしていったのは取りにくる又八を見張るためだろうと思われる。

慎吾が境内の参詣客ごしに梅林のほうを眺めると、梅の老木の陰で手持ち無沙《ぶさ》汰《た》そうにこちらを窺っている遊び人ふうの男の姿があった。

「これじゃ又八も、のこのこやってくるわけにもいかねえ」

慎吾は苦笑しながら、念のために社務所の横に置いてある天秤棒と屑籠を調べた。

反故紙のなかに帳面のようものが見える。影富の覚帳だなと思ったが、慎吾は手に取らずにそのままにした。

「それで、当たり籤はあらかた取りに来たのかい」

と問うと、突き止めの千両がまだだという。

「届けに出る連中も苛々してまさァ。ただ待たされるだけじゃ仕事にもならねえ。祝儀をたんと弾んでもらわにゃてんで、手ぐすね引いてますんですがね。呑気な野郎もいたもんだ」

慎吾が苦笑まじりに話につきあっている間、寛十郎は社務所に他の用があったらしく、書付を手に戻ってきた。

「日の落ちねえうちに引き上げようぜ」

秋の陽は釣瓶《つるべ》落としというが、暦の上では初冬の十月に入っている。境内にはや暮色が迫っていた。

天神下の紅灯を見下ろして男坂を下りながら、寛十郎がぼそっと呟く。

「鈴屋が取り込み中のところ済まねえが、慎吾に手を貸してもらいてえことが出来た」

「ほう。遠慮はいらぬぞ。俺もいつもの借りが返せる」

「今朝方、御奉行の用部屋に呼ばれてな。隠密廻りの応援に回れと御下命があった」

「ふむ」

「この三年来、迷宮《おみや》入りになっている殺しが三件ほどあってな、隠密廻りが内偵していたのだが、三件に共通する事実をつきとめたというんだ」

「先刻、社務所の中に立ち寄ったのも、それと関係があるのか？」

「そうだ。殺害されたのは、いずれも裕福な別荘暮らしの隠居か夫婦者なんだが、富籤で大金を得たことのある連中らしいと判明した」

「なに？」

「それも突き止め札の五百両、六百両を当てた者ばかりでな。それだけ大がかりな富籤興行は江戸府内でもそうそうはない。隠密廻りは目黒不動と回向院、護国寺の過去三年間の当選台帳を、俺たち定町廻りは上野寛永寺と谷中天王寺、それと湯島天神を手分けして調べることになったのだ。慎吾から話もあったので俺は湯島天神を引き受けた。それで過去三年の突き止め大尽の名を調べて書き留めてきた」

「そのなかに、殺された者はいたのか？」

「いや。おらん。他の寺社だろう。だが無駄足も情けない。それで、今度の千両富で大金を得た者の名も書き留めてきたのだ。なにせ千両富だからな、一番突きでも百両、五十番突きが五百両だ。新たに狙われる可能性もある」

「殺された三件とも同じ犯人なのか？」

「それはまだ何ともいえぬ。が、富籤成り金を用意周到に狙っていたのなら、同じ犯人と考えても不思議はない。これまで迷宮入りになっていたのは、ほとぼりが覚めるまで凶行を控えていたのではないかと思うが」

「やれやれ、それこそ又八なぞ恰好の餌食《えじき》ではないか」

「そうだ。猫ばばの訴訟騒ぎどころか、命まで取られることになる」

「他人事ではなくなったな。ますます又八は、この世に身の置き所がなくなったわけだ」

「慎吾、よい思案はないか。隠密廻りを出し抜いてまで功名に逸《はや》る気はないが、南町の意地にかけても下手人《げしゅにん》を挙げたい」

「うむ。さしあたって良い思案は浮かばぬが……今度の湯島の千両富を見過ごすとは思われぬな」

「噂を聞きつけて又八の身辺に迫ってくるか？」

「俺も今それを考えてみた。又八には危ない橋を渡らせることになるが……囮《おとり》になってもらう手もないではない」

「慎吾」

「問題は、どう又八を納得させるかだ。騙してまで囮にさせるわけにもいくまい」

慎吾は寛十郎を促すように早足で坂を下りていく。

その足で鈴屋に入った慎吾と寛十郎だが、なかでは半狂乱になって喚《わめ》きたてるお梶を、お寿々と吉兵衛と清六が三人がかりで必死に取り押さえている真っ最中だった。

「どうしたお寿々」

「慎吾さま」

「ちきしょう、みんな、あのろくでなしのせいだ！　お父っつぁんたちを返しとくれよッ」

お梶は髪を乱して吉兵衛や清六の腕を振りほどき、今にも又八のもとへ怒鳴り込もうとしていた。

お寿々が慎吾と寛十郎を下代部屋に招き入れ、事の次第を告げた。

「森下町の大家のおかみさんが、お繁さんが湯屋に行ったまま戻らないので、ここではないかと駆け込んできたんです」

鈴屋には来ていないと応えたお梶は、佐賀町の両親のもとへ走ったのだという。

そこにはお繁の姿どころか両親の姿もなく、女房と手分けして駆けつけた大家の源兵衛が、おろおろと近所を聞きまわっていた。

大家の話では、人相のよからぬ屈強な男たち数人が、下駄屋夫婦を抱え込むようにして駕籠《かご》に押し込め、立ち去ったのを目撃した近所の者がいたという。

大家と自身番に届け出たお梶は、血相変えて鈴屋に舞い戻り、

「三人とも、人質に取られたんです。長屋に押しかけた賭場の借金取りに違いありません。又八をすぐにも湯島天神に行かせないと。当たり籤を金に換えて引き取らない限り、何をされるかわかったもんじゃない！　あいつのせいで私の家族は目茶苦茶にされてしまったんです。こうなりゃ首に縄をつけてでも引きずっていきますよ」

凄まじい剣幕で橋本町に怒鳴り込もうとするお梶を、お寿々は吉兵衛と必死になって抱き留めた。

「お梶さん落ちついて。せめて慎吾さまが戻られるまで待って！」

「いいえ。もう、あの野郎がどうなったって構うもんかッ」

と揉み合いになったのだという。

女中部屋で派手な音があがっていた。

慎吾と寛十郎が踏み込んで、お梶を押さえつけた。

「お梶、あとは俺と寛十郎にまかせてくれ。今、又八を表に出しては、それこそ元も子もなくなるぞ」

「でも……」

「お繁たちを攫《さら》ったのは、賭場の連中ではあるまい」

寛十郎が、つとめて穏やかな声で言い聞かせた。

「俺たちに心当たりがある。ここから先は町方にまかせろ」

寛十郎は咄嗟《とっさ》の方便を使った。まんざら嘘でもない。

「ま……まことでございますか？」

お梶の顔から憑《つ》き物《もの》のような表情が消えて、縋《すが》りつく目で慎吾の顔を見た。

「又八は、お上《かみ》のために一肌脱いで貰わねばならぬ大事な体だ。これから又八に因果《いんが》を含めねばならぬ……お梶も立ち会え」

言って、慎吾は背後のお寿々を振り返った。

「そなたもな……」

六

深川の東の外れ、三十三間堂裏手の入船町――。

汐見橋《しおみばし》を渡った東岸に木置場がある。

その一画に、朽ち果てた土蔵があった。高窓に微かな灯が見えている。

ふだんは人の立ち寄ることとてない内部に、手燭に照らされて三人の顔が怯えていた。お繁と、両親の下駄屋夫婦で、いずれも荒縄で縛られ猿轡《さるぐつわ》を噛まされていた。

手燭を持つのは上州無宿の『赤城《あかぎ》おろしの岩鉄《がんてつ》』の通り名で知られる、四十がらみの大男である。その名のとおり頑丈な体に、これも岩石のような面構えを猪首《いくび》に乗せた男だった。その周囲に五人の博徒ふうの男が車座に座っている。

「何も命まで取ろうってんじゃねえんだ。言われた通りにすりゃあ、元の暮らしに戻れる。おめえ次第だぜ」

岩鉄は研ぎ澄ました匕首《あいくち》の刃の腹で、お繁の頬をぴたぴたと叩いた。

手燭の明かりに、手下が突き出した富札が浮かびあがった。

湯島天神の突き止め千両の当たり札である。

お繁は目を剥いて、激しく身を捩《よじ》った。

「安心しろ。亭主を殺して奪ったもんじゃねえ。女房のお前が代理で明日、当選金を無事引き換えてくりゃ、亭主は返してやる。けどな……へたな真似しやがると、おめえの亭主も両親も、洲崎《すざき》の沖で土左衛門《どざえもん》になって浮かぶことになる。わかったら、おとなしくしていろ」

言って、岩鉄は手燭の火を吹き消した。

岩鉄は徒党を組んで上州を中心に寺荒らしをしていた強盗だったが、八州廻りに付け狙われて、江戸に流れこんだ。

富籤隆盛の世相に付け込んで、突き止めの俄成金《にわかなりきん》に目をつけ、用意周到に世間の噂が遠のいたころを見計らって強奪に及んだ。

狙ったのは五百両、六百両を射止めた富籤大尽である。

人目を避けるように暮らしていた連中ばかりだったので、押し込み強盗に入った頃は、その動機が世間に分かりにくかった。

こうして手にした金は都合二千両にも及んだ。

江ノ島詣でや上方見物の旅先を狙ったが、三件だけは隠居宅や別荘に押し込んで惨殺したので、町方に発覚してしまったが、足のつくへまはしていない。

ほとぼりのさめた頃に再び凶行に及ぶつもりで、富突き当日には寺社に出掛け、これはという俄大尽に張りつき、手下に身辺を探らせていた。

だが、そうそう間を置くわけにもいかなかった。

富籤長者のなかには、押しかける縁者に店を潰される羽目になる者もいたし、夫婦親子の間が険悪になって一家離散する連中や、一年ももたずに蕩尽《とうじん》する者、早々と夜逃げして行方を晦《くら》ます夫婦者もいた。

そうそう悠長にカモを泳がせてばかりもいられない。

そんな矢先に、こんどの湯島天神の千両富である。

岩鉄たちが見過ごすはずはなかった。

狙いは突き止めの千両をせしめる当選者である。富突き当日、湯島天神の境内に手下とともに繰り込んだ岩鉄は、百番突きのどよめきのなかに「やったァ！」と躍りあがる男の姿を見た。

手下たちは群衆を掻き分けて、男の近くに向かったが、揉み合う人込みのなかで見失った。

「あいつァ、屑屋の又八じゃねえのか」

という声が岩鉄の前であがった。

「やりやがったな、あの野郎。これから押しかけて祝い酒にありつこうぜ！」

と周囲の男たちを煽ったのだ。

岩鉄たちも、その後について森下町の裏長屋に向かった。

裏長屋は噂を聞きつけた連中で、たちまち入りきれない人だかりが出来た。

女房が一人応対に揉みくちゃにされている。

様子から、亭主は夫婦喧嘩のあげく飛び出したことがわかった。

岩鉄は手下を見張りにつけて、一旦その場を引き上げた。

以前に使ったことのある、入船町の木置場の土蔵を拠点に定めた岩鉄は、手下からもたらされる屑屋夫婦の動静を耳にしながら、

「このぶんじゃ当分、屑屋は身を隠したまんま出てこねえんじゃねえのかな」

と思案を巡らした。

岩鉄は、前々から考えていたことを実行に移した。

当選者のなかには、たかられるのを恐れて密かに当たり札を握りしめたまま、すぐには換金に出向かない者もいる。

その間に付け込んで、当たり札を偽造し、本人が受け取りにくる前にまんまと横取りしようという企みだった。

そんなこともあろうかと岩鉄は、彫師や刷師、印判師など、蛇《じゃ》の道は蛇で抱き込んだ職人に偽造させてきた。

本物と違わぬものが出来上がるまでに一年はかかったが、まだ使ったことはない。

よほどうまく機会を捉えないと、藪蛇になるからだ。

もしうまく横取りに成功したとしても、本人が換金に現れれば、興行元の寺社は大騒ぎになり、立会いの寺社奉行所の役人から町奉行に一件が持ち込まれる。

当然、富札の真偽を巡って興行元は厳しくなるから、この手が使えるのは最初で最後の一回きりだった。

岩鉄は今度の千両富に、それを賭けてみることにした。

問題は、突き止めの当人が森下町の屑屋だと世間に知られてしまっていることだ。

岩鉄は仕上がった当たり札の出来ばえを確かめてから、屑屋の女房を担いで湯島天神へ換金に行くことを思いついた。

亭主が隠れている限り世間にばれることはない。夫婦のことだ、騒ぎをかわすために亭主をどこぞに匿い、換金にまいりましたと申し出れば、興行元の関係者も「さもあろう」と疑うこともあるまいと思われた。

あとは女房に因果を含めるだけである。

その動静を見張っていれば、ほんとうに亭主とどこぞで落ち合わぬとも限らない。

——その時こそ、亭主を人質に取れば、まんまと絵図通りに事は運ぶ……。

岩鉄は、そこまで考えてお繁を勾引かそうと網を張った。

屑屋の女房が大家の家に引き取られたと聞いて、岩鉄みずから出張った。

都合のいいことに、お繁が湯屋に出掛けていくところに出くわした岩鉄は、手下とともに後をつけた。

人通りの少ない道で拉致しようと、手下に辻駕籠を呼びにいかせた。

ところが目の前で、急に女房が走りはじめたのだ。

岩鉄たちが見失うまいと必死で追った先が、佐賀町の下駄屋だった。

そこが両親の住まう実家だと知った岩鉄は、躊躇うことなく踏み込んだ。

三人を駕籠に押し込め走り去るときに、数人の町内の者の目があることに気がついたが、構うことはなかった。

長屋に押しかけた連中のなかに、亭主の賭場の元手を貸したという手合いもいたから、自身番に駆け込まれても町方の目は晦ますことができるだろうと踏んだ。

岩鉄は北叟笑《ほくそえ》んでいた。

――完璧な仕掛けじゃねえか！

あとは屑屋を探し出して闇に葬るだけだ。

土蔵で手下たちと最後の下打ち合わせを終えた岩鉄は、夜の明けるのが待ち遠しかった。

――そろそろ、この仕事も切り上げどきだな……。

そのころ森下町の孫右衛門店は、ときならぬ捕り物騒ぎに騒然となっていた。

佐賀町の自身番に持ち込まれた、下駄屋親子三人の事件に乗り出した北町奉行所の同心たちが、捕り方を率いて大家の源兵衛宅へ押しかけたのだ。

大家の家では、賭場の貸付金を返してもらおうと、数人のごろつきが上がり込み、「又八はどこだ。女房を出せ」と恐喝に及んでいた。

「てめえらがグルになって、又八の千両を押さえてるのはわかってるんだッ」

凄む頭株の渡世人崩れが、お繁が攫われたのを知らずに踏み込んだのが身の不幸だった。

佐賀町の自身番への報《しら》せで動き出した北町奉行所の同心たちが、深川の大番所に捕り方を集め待機していた。三人を人質にとった連中が、いずれ大家のもとに押しかけて力づくで、又八を引きずり出すだろうと見た同心たちの手先が張り込んでいたので、

「それ！」

とばかりに迅速に立ち回った捕り物だった。

湯島天神の千両富の騒ぎは、北町の同心たちも知るところであったので、江戸中の耳目を集めるのは必至の事件に、功名心をかき立てていたのだ。

南北町奉行所の内寄合で、迷宮入りの事件に富籤が絡んでいたのを奉行から通達されていた北町の定廻りの同心たちは、意地にかけても南町に先んじようと勇みたっていたからなおさらだった。

不意をつかれて浮足だったのはごろつきたちである。

思いも及ばない大捕り物で次々に縄を打たれ、

「濡《ぬ》れ衣《ぎぬ》だ！　俺たちは下駄屋の親娘《おやこ》を人質になんかとっちゃいねえ！」

と口々に喚《わめ》いた。

押しかけた野次馬たちはなかなか帰ろうとはしなかった。

様々な憶測が飛び交って、

「いったい又八は、どこに消えたんだ」

「女房と示し合わせて、どこぞに潜りこんでるに違いねえ」

「大家が一枚嚙んで隠してるんじゃねえのか」と、源兵衛が大番所へ参考人として連れていかれた後も家の前に屯《たむろ》して噂しあっている。

相長屋の連中が、「大家さんも随分水臭えことをするもんだ」と留守宅の女房に詰め寄る始末で、「長屋を代表して、公事宿に掛け合っているから」と女房は応対におおわらわになった。

それでも収まりのつかない、おかみさん連中が鈴屋のお梶のもとに押しかけたが、

「冗談じゃないよッ、こっちは両親と妹まで連れ去られて生きた心地もないんだ！　疑うんなら、家捜しでもなんでもするがいい」

北町の同心に明朝、大番所に出頭するように言われたばかりだと、お梶は逆に

噛みついて追い払った。

朴斎のもとにも、捕り物騒ぎの一報は届けられた。

「馬鹿な連中でさ。欲をかくから、そんな目に遭《あ》うんだ」

苦笑う朴斎の傍らで、慎吾と寛十郎は目顔で頷きあった。

「となると……お繁たちを攫ったのは、いよいよ手配の連中ということになるな」

「恰好の身代わりが祀《まつ》り上げられて、今ごろは、せせら笑ってるに違いねえ」

「いや。そうとも言えぬ」

慎吾の顔が曇った。

「お繁たち三人を人質にとったまではいいが、こう早く身代わりが番所に挙げられたんじゃ、お繁の使い途に困るんじゃねえのか」

「どういうことだ?」

「俺は、又八が出てこねえのをいいことに、お繁を亭主の代人に仕立てて千両を受け取りに行かせるんじゃねえかとも考えてみたんだ」

「当たり札は又八が持っているんだぜ」

「偽造するぐらいの事は考えるかもしれん……」

「そんな危ない橋を渡るとは俺には考えられんな。第一、お繁は勾引かされた身なんだぞ」

「身代わりが、こうも早く挙げられるとまでは思っちゃいまいから、慌てることだろう。となると……連中は又八の居場所なんぞ、どうでもいいのだ。又八の行方を吐かせるのが目的で攫ったと思わせ、ついに音《ね》を上げたお繁が、亭主を人質にとられたと思い込み、代理で富札を手に金を受け取りにいく……という流れは考えられねえか？」

「それだと、お繁が又八の居場所を告げて、亭主が代わりに人質に加えられたってことになるが、又八はここにいるんだぜ」

「それを知ってるのは俺たちだけだ。お繁も、姉を庇って鈴屋のことは口が裂けても言わないような気がする」

「それじゃ連中は？」

「手筈が狂ったはずだ。一旦は攫われたとはいえ、借金の形《かた》に亭主と両親の身柄を拘束されて、お繁が止むなく出てくれば、下駄屋の騒ぎは願い下げということで収まると多寡《たか》を括《くく》っていたかも知れぬ。……もっとも賭場の借金という事情には問題は残るが……」

「考え過ぎじゃねえのか、慎吾」

「そうかも知れん。どっちにしても、向こうから動き出すことはなくなったか」

それまで黙って聞いていたお寿々が、重い口を開いた。

「又八さんを、このまま匿いきれるでしょうか？　お梶もいつまでも知らない振りをしていられないと思います。北町の御番所からも召喚がきましたし、お繁さんたちを連れ去った連中も、いつかはここを探りあてるかもしれません……」

「慎吾、お寿々さんの言う通りだ。もはや猶予はならん。又八に囮になってもらうしかあるまい」

その又八は、慎吾と寛十郎の説得を聞き入れるどころか、生きた心地もなく震え上がって足腰も立たない有り様になっていた。

「俺にはそんな真似は無理です。こうなったら義姉《ねえ》さんに当たり札をお預けしますから、それでどうか、お繁と義父《おとっつあん》たちを取り返しておくんなさい」

と夜具を被って亀さながらの態で、今も二階でお梶の手を焼かせている。

「寛十郎、又八には俺がこれから最後の因果を含めてくる。明日の暮れ前に又八を湯島天神に出向かせるから、その前におめえに興行元と話をつけておいてもらいてえ」

「うむ！」

手配中の強盗団を引っ張り出す千載一遇《せんざいいちぐう》の好機である。

連中は無論のこと、世間を騙しおおせなければならない。

手筈が狂うと、下駄屋親娘三人の命に関わる大芝居であった。

以心伝心で、寛十郎は慎吾の目論見《もくろみ》を呑みこんで頷く。

「お寿々、明日は芝居町の歌舞伎を向こうに回した大舞台になるぜ」

慎吾は千両役者を説得するために二階へあがった。

七

翌日。小春日和《びより》の深川から屋根船を仕立て、お繁とともに乗り込んだ岩鉄は、紋服に身を包み、仙台堀から大川へ出た。

神田川を筋違《すじかい》御門まで行き、そこから駕籠で湯島天神に入るつもりである。

「おどおどするんじゃねえ。おめえがうまく立ち回りゃ、両親は無事にお天道様のもとに出してやるよ。我慢料もつけてやろうから、あとで亭主を納得させるんだ。それきり俺たちァ、二度とおめえたちの前にァ現れねえから安心しな」

岩鉄は、又八の生まれ在所の叔父という触れこみで、お繁に同道することにしている。小心者の亭主は、世間の目に晒《さら》されるのが恐ろしく、女房に当たり札を預け叔父につきそってもらうという筋書きをお繁に言い含め、その口上を何度も復唱させた。

お繁が怯えて言いよどむたびに、岩鉄は焼け火箸を両親の顔に突きつけた。

観念するしかなかった。

――あたしらが、こんな目に遭ってるのに……。

どこに潜りこんだのか又八の行方は杳《よう》として知れず、あの日の夫婦喧嘩が悔やまれた。この分では姉のお梶にも迷惑が降りかかっているに違いない。そう思うと、一刻も早く済ませてしまいたかった。

――千両なんか当ててしまったばっかりに……。

怯えて隠れている亭主を、どやしつけてやりたくなる。

船が柳橋を潜ったあたりで、湯島天神の様子を先に見にいかせた手下の一人が出迎えて船に乗ってきた。

境内一の料理屋『松金』を予約させ、そこで祝宴を張って祝儀にたかる連中をもてなし、頃合いをみて長屋に繰り込む大八車のなかの金箱を手下に擦り替えさせる手筈になっている。

「親分……やっかいなことになってますぜ」

差し出したのが、昨夜の森下町の大家宅の大捕り物の瓦版だった。

ザッと目を通した岩鉄は、落ちつきのない目を巡らしている。

「どうしたもんでしょうね……こんどは、しばらく見送ったほうがよかありませんかい？」

岩鉄は、傍らのお繁を睨んで腕を摑みこんだ。

「痛いッ」

「おめえ……ほんとうは亭主が身を隠したところを知ってるんじゃねえのか」

「いいえ、知ってたら、とうに話してますよッ……あんな情なしを庇ってお父っつぁんたちを辛い目にさせておくもんか……」

お繁は心底悔しそうに唇を嚙んで声を震わせた。

嘘ではないなと踏んだ岩鉄は、手下を振り向いて、

「手筈どおりにやろう。まさか名乗り出てきた亭主とかち合うこともあるめえが……念には念をいれて社務所の様子から目を離すな」

言って岩鉄は新《あたら》シ橋《ばし》を過ぎたあたりで岸辺に船を着け、手下を湯島に走らせ

た。

手下が戻ると境内の様子は一変していた。

社務所から賑やかに太鼓が打ち鳴らされ、境内には富突き当日のような群衆が押しよせている。

胸騒ぎがした岩鉄の手下は、庭掃除の老爺をつかまえて訊いた。

「いったい何の騒ぎですかい」

「突き止め千両の果報者が、やっと名乗りでてきたんでさ」

「なんだって？」

「噂ってのは早いもんだね。たちまちこの騒ぎだ」

見れば飾りたてた大八車が社務所に繰り込んでいく。

「それじゃ、噂の屑屋は中で？」

「ああ、お役人たち立会いのもとで、お宝を恭《うやうや》しくいただいてるころだろうよ。まったく、もったいぶらせやがって」

それを、みなまで聞かずに、手下は血相かえて群衆を掻き分けていく。

又八が当選金を受け取りに、湯島天神にやってくるという噂は、橋本町の願人坊主たちが江戸中に触れ歩いていた。

ただでさえ物見高い江戸っ子たちである。仕事もろくに手につかない。

千両の夢を射止めた本人が、ようやく出てきたかと、千両役者を見る思いで続々と繰り込んできたのだった。

追いかけるように読売も瓦版にして話題を広げたから、押すな押すなの盛況になってしまった。

「祝儀の銭花《ぜにばな》ぐれえはバラ撒くだろうよ。なにせ千両だ」

みんなそれを当てこんでいる。

やがて、興行元の役行事たちが現れて、祝いの口上を読み上げた。

菰樽《こもだる》が引き出され、裃《かみしも》姿の又八が顔面蒼白で現れると、群衆から野次まじりの歓声があがった。

又八は、役行事から教えられたらしい挨拶の口上を述べたが、声も小さくしどろもどろで聞き取れない。

一斉に引出物の菰樽が割られ、振る舞い酒になった。

又八は節分の年男よろしく、三方に載せたお捻《ひね》りの銭花を振りまいた。

群衆の輪が乱れる。

「いよっ！　屑屋！　日本一！」

と冷やかしの声が上がると、どっと群衆が沸いた。

そのなかで苦虫を嚙みつぶした表情で成り行きを見ていた岩鉄が、お繁の耳元で因果を含め、背中を押し出した。

ここまできて引き下がる男ではなかった。

人込みを掻き分け掻き分け、最前列までやっと辿りついたお繁が、

「おまえさん」

と、又八の胸に飛び込んだ。

「お、繁ッ」

抱きとめた又八は、たまらず尻餅をついた。

群衆がまた、どっと沸いた。相長屋の連中も人込みを掻き分けてくる。

大八車の陰で様子を見守っていた慎吾と寛十郎が、思わず顔を見交わした。

お繁が飛び出してくるとまでは予想していない。

金箱を積んだ大八車を囮に、網を張っていた二人だ。

まさかこの群衆のなかで強奪に及ぶはずもないが、送り届ける途次か運びこまれる長屋に、必ず連中は現れると、遠巻きに手先たちに見張らせていた。

金箱は強奪させて、連中の潜伏先まで慎重に追尾する。そこに囚われている筈の下駄屋親娘を救出し一網打尽《いちもうだじん》にする慎吾の作戦である。

飛び出そうとする寛十郎の手を引き戻した慎吾は、

「よせ。この人込みのなかに必ず連中はいる。俺たちが網を張ってるのを嗅ぎつけられちゃならねえ」

役行事たちに抱えられて社務所に消えていく又八とお繁の姿を見ながら、慎吾は目顔で寛十郎を促した。

岩鉄は手下たちに目配せして群衆のなかから消えた。

――下駄屋の両親を人質に取っているかぎり、へたな真似はできめえ……。

親思いのお繁のことだ。両親を見捨てて町方に訴え出るとは思えない。

あとは又八がどう出るかだった。

やがて役行事が、又八の代わりに挨拶に立った。

境内の『松金』に祝儀の席が設けてあるから、縁者の者はそこへ移るようにと告げている。

「利口な女だぜ……亭主を必死になって納得させたようだな」

岩鉄の心の隅に残っていた一抹《いちまつ》の不安は消し飛んでいた。

社務所の一室で二人きりにしてもらったお繁は、「お父っつぁんたちの命だけは助けておくれ！」と泣き縋った。

慎吾に今日の囮の一件は聞かされていた又八だが、世話になった下駄屋夫婦が人質にされていると告げられ、涙を流してお繁に詫びた。

だが又八から囮の一件を告げられて、今度はお繁が驚く番だった。

「どうしよう！　お父っつぁんたちの傍には、その連中の手下が二人見張りについているんだ……町方のお役人が、あたしをそそのかして境内までついてきた連中をお縄にしたら……間違いなく仕返しに殺すに違いないよ……！」

夫婦して、うろたえているところへ、慎吾と寛十郎が顔を出した。

ひととおりお繁から事情を聞いた慎吾は、

「お繁が言い含められた通りにしろ」

と言って、役行事に後の段取りをつけてもらった。

局面は二転三転して目まぐるしく変わったが、連中にこちらの手の内を気づかれぬ限り、一気に収束に向かうと思われた。

「吉とでるか、凶とでるか……」

まだ予断を許さなかった。

又八とお繁は、生きた心地もなく『松金』の祝いの席に揃って顔を出した。意外だったのは、又八の猫ばばの嫌疑が晴れていたことだった。大番所で北町の同心にさんざん絞られた大家は、

「すべては狂言で、まことはお前が又八を匿っているのではないか」

と改めて家宅を捜索された。地下の穴蔵まで調べられ、なかから又八の代わりに富札が二枚発見された。処分に困った大家が、いずれ焼却するつもりで隠していた外れ籤であることが判明した。

「大家さんも人もなげなことをするもんだ。俺たちをだしにして公事にしようとしていたなんてな」

相長屋の連中から白い目でみられ、身の置き所もない大家のもとに、願人坊主の振りまいた「又八、現る」の噂を聞きつけ、一同が繰り込んでみると、裃姿で現れた又八にお繁が走りこむ姿を見せられて、驚くやらほっとするやら。

「おめえが、そんなことをする奴だとは思っちゃいなかったぜ」

と一転して気のいい元の長屋の連中に戻っている。

影富元の古紙問屋の番頭も、うってかわって表情を和らげ、「いっそ表通りに古紙問屋の店を構えたらどうだい。地道に商人になるいい機会《しお》じゃないか」と相好を崩す。

その席で、又八の生まれ在所の叔父の触れこみで座を連ねた岩鉄も、なかなかの役者振りであった。

「みなさんとの、これまでのお付き合いを忘れて、お大尽をきめこむ甥《おい》ではございません。これまでどおり、よろしくお付き合いのほどを」

いけしゃあしゃあと、よくも言ってのけたものである。

又八もお繁も畏《かしこ》まっていたから、誰しも疑う者はいなかった。

その間に、岩鉄の手下どもが大八車の金箱をすり替えているとは知らずに、祝い酒に酔いしれていた。

やがて宴たけなわになり、顔を出した役行事の一声で、飾りたてた大八車が境内から押し出していく。

長屋の連中が騎馬に仕立てて又八とお繁を乗せ、お祭り騒ぎで後を追った。

八

「こうもうまく行くとは思わなかったぜ……」

岩鉄は、すり替えた金箱を積んだ屋根船で北叟笑みながら深川の東、汐見橋の船着場に船を着けた。

あたりは日暮れて、夜の帳《とばり》が下りていた。

「玄翁《げんのう》を取ってこい」

金箱の鍵は又八が持っている。そんな物はもう必要なかった。

「叩き割れ」

中身を手にして、土蔵の下駄屋夫婦を始末すれば、岩鉄の企みはなし遂げられるはずであった。

提灯《ちょうちん》もたず、土蔵から玄翁を持って戻った手下が呟いた。

「親分……蔵のなかの様子が変ですぜ。灯もなく、人の気配も感じられねえ」

「なんだと」

悪党の直観が閃いた。

岩鉄は、手下から玄翁をひったくると、力を込めて金箱の蓋を叩き割った。船提灯に照らし出される金箱の中身は鬼瓦《おにがわら》の破片ばかりだ。

「どういうことだ」

『松金』で擦り替えた金箱には古銅鉄を詰めておいた。

長屋に運びこまれた金箱を開けて、慌てふためくのは又八のはずだった。

「嵌《は》められたぞ！」

社務所から運び出される時には、すでに鬼瓦が詰まった金箱だったのだ。

岩鉄が、ようやく町方の仕掛けに思い当たった時はもう遅かった。

川岸に、忽然《こつぜん》と無数の御用提灯が湧いて出た。

「これまでだ。いさぎよく縛《ばく》につけい」

寛十郎の声が闇の中で鳴り響いた。

「ちきしょう！」

岩鉄は船莫蓙《ふなござ》の下に忍ばせた長脇差しを摑んで舳先《へさき》に飛び出した。

「あの女《あま》に、裏をかかれたぜ」

町方に先回りされて土蔵に踏み込まれ、人質は取り返されていたのだ。

万事窮したと悟った岩鉄は長脇差しを抜いた。

――こうなったら力の限り斬りぬけるだけだ！

「年貢の納めどきだな」

出役《しゅつやく》用の長十手を手にした慎吾が、捕り方のなかから猛然と走り出した。

「野郎ッ！」

岩鉄が咄嗟に斬りつけたが、「ぎゃっ！」という悲鳴を残して、川のなかにもんどりうって沈んだ。大飛沫《おおしぶき》があがる。

慎吾の目の前に、長脇差しを摑んだ片腕が落ちてきて転がった。

手下どもは、もう戦意を喪失している。


ちょうどそのころ、森下町の又八夫婦のところでも大騒ぎになっていた。

「一目でいいから、千両小判を拝ませてくれろ」

長屋の連中にせっつかれ、又八が金箱に鍵を差して蓋を開けた。

中には古銅鉄が鈍い光を浴びて一同の目を欺いていた。

騒ぎたてる一同を尻目に、又八はお繁を抱きしめて震えていた。

肝心の金箱は、慎吾と寛十郎の計らいで、まだ湯島天神で預かったままだ。

「おまえさん、いっそこのまま夜逃げしようか」

囁くお繁に又八は言った。

「ここで逃げたら……俺は人でなしになっちまう」

又八は、立ち上がって一世一代の弁明をした。

囮捕り物に一役買ったこと、そして、当選金のなかから次の富籤の札を買わされる事情を話して、それを皆と分け合いましょうと申し出た。

百両富に当たると社寺に一割を奉納し、立会人たちに祝儀を振る舞うほかに、五両分の次回の富籤を買わされる習わしであった。

「みんなしてまた、夢をみましょう。それで勘弁しとくんなさいッ」

「てえことは……一人頭、何枚になるんだ？」

一瞬、呆気にとられた一同だが、やがて又八は揉みくちゃにされて胴上げされる騒ぎになった。


一件落着したその月も恵比寿講《えびすこう》で賑わう頃。お寿々は慎吾を迎えて茶を淹《い》れながら、嬉しそうに呟いた。

「お繁さんは、お目出ただそうですよ」

「そうか、それこそ千両の夢に代えがたい」

しんみり言って、慎吾はうまそうに茶を啜《すす》った。

この作品は双葉文庫のために書き下ろされました。

双葉文庫

あ-41-01

町触《まちぶ》れ同心公事宿始末《どうしんくじやどしまつ》

日照雨《そばえ》

2007年10月20日　第1刷発行

【著者】
藍川慶次郎《あいかわけいじろう》

【発行者】
佐藤俊行

【発行所】
株式会社双葉社
〒162-8540 東京都新宿区東五軒町3番28号
[電話]03-5261-4818(営業) 03-5261-4833(編集)
[振替]00180-6-117299
http://www.futabasha.co.jp/
(双葉社の書籍・コミックが買えます)

【印刷所】
株式会社亨有堂印刷所

【製本所】
藤田製本株式会社

【表紙・扉絵】南伸坊
【フォーマット・デザイン】日下潤一
【フォーマットデジタル印字】飯塚隆士

© Keijiro Aikawa 2007 Printed in Japan
落丁・乱丁の場合は小社にてお取り替えいたします。
定価はカバーに表示してあります。

ISBN978-4-575-66302-0 C0193